废墟美国

北美铁锈地带行思录

潘然 著

廣東旅游出版社
GUANGDONG TRAVEL & TOURISM PRESS
中国·广州

图书在版编目（CIP）数据

废墟美国：北美铁锈地带行思录 / 潘然著. — 广州：广东旅游出版社，2020.8

ISBN 978-7-5570-2231-0

Ⅰ. ①废… Ⅱ. ①潘… Ⅲ. ①游记—作品集—中国—当代②建筑摄影—中国—现代—摄影集 Ⅳ. ①I267.4②J429.3

中国版本图书馆CIP数据核字(2020)第075695号

出 版 人：刘志松
策　　划：龙鸿波
责任编辑：龙鸿波
装帧设计：邓晓童
责任校对：李瑞苑
责任技编：冼志良

废墟美国：北美铁锈地带行思录
FEIXU MEIGUO BEIMEI TIEXIUDIDAI XINGSILU
广东旅游出版社发行
（广州市越秀区环市东路338号银政大厦西楼12楼）
邮购电话：020-87348243
广州市岭美文化科技有限公司印刷
（广州市荔湾区花地大道南海南工商贸易区A幢）
787毫米 × 1092毫米　16开　18印张　312千字
2020年8月第1版第1次印刷
定价：68.00元

目录 CONTENTS

序曲

名词解释

001

美国宾夕法尼亚州

序曲

“在我想象中的未来里，你在洛克菲勒废墟构成的峡谷中猎麋；你沿着Sears大厦外面的爬藤向上攀岩；你向下望，在地面舂米的人非常非常渺小；还有人在废弃的高速路上晒着鹿肉条。”

这是《搏击俱乐部》里面的一段话。也是无数城市探险者为之着迷的、状似废墟的、末日降临以后的未来（future after apocalypse）。

1. 在你看来，废墟是什么？

是历史？是破旧的城市的一部分？是即将被人类遗忘的过去？

2015年开始探访北美铁锈地带废墟的时候，我刚刚学到“城市探险”这个名词。所谓城市探险（Urban Exploration），也就是没有旅游手册，没有导游讲解，不去名胜古迹，只关心城市里那些废弃的、危险的、禁止入内的、无人问津的建筑和角落。比如地上废弃的工厂、医院、教堂、监狱、战后留下的堡垒；比如被遗弃的火车、汽车、轮船、飞机；比如停用已久的城市排水系统、地铁站、防空洞；等等。2002年，Troy Pavia在个人博客里总结，城市探险是通过探访暂时的、陈旧的、废弃的、因破旧而停用的地方（Temporary, Obsolete, Abandoned, or Derelict places）来对整个城市进行的一种浸入性研究与学习。而在城市探险下有三类分支，其中包括国内大家熟悉的爬楼党（Roof Topping），只对地下系统感兴趣的管道探索者（Tubers），以及像我一样的废墟爱好者。

为什么会有人对这些地方感兴趣?

每个人的原因都不同，有的人是为了摄影，有的人是为了刺激。而我，或许是自己的废墟情结，或许是在这众多废弃的建筑物内，我感受到了时间流逝的美。那些人类曾经花费大力气建造的工厂、剧院、学校、军事基地，时过境迁之后，被不明原因地停用、废弃，又被无所事事的青少年打碎玻璃、抹上涂鸦，然后逐渐爬满青苔，接着有草籽落在地板的缝隙中，发芽、生长，慢慢被灌木树林掩埋起来，风吹日晒雨淋，木头腐朽墙面剥落，铁皮一层层锈蚀、烂掉……

在进行城市探险的过程中，我仿佛穿越到了一个人类已经消失后的未来，看到当我们这些不可一世的统治者消失后，地球慢慢还原成本来面貌的过程。而在这个未来里，人类曾经生活过的痕迹一点点消失，植物和动物占山为王。到了最末，能腐坏的都已腐坏，剩余的再不会有变化。

不少科幻作品、电影，甚至电子游戏中，都描绘着这种科学幻想式、人类突然抽离后的境况。而这些存在于我们日常生活城市之中的废弃建筑，在某种程度上模糊了幻想和现实的边界，唤醒了我和众多城市探险者内心深处对冒险生活、失控感和脱离物质世界的渴望。如果幻想文学中的大灾变日（post-apocalypse）到来，真正的野外生存技巧是否有用？在我看来，或许城市生存技巧更加实用一些：爬栅栏，翻墙，钻地洞，在迷宫般的下水道系统中找到出口，受伤并包扎，等等——有哪里比在废弃建筑中探险更加锻炼这些技巧呢?

站在现世，却看到一个人类消失后的未来，这种时间的可见性可能是这些废墟在美学意义上吸引我的主要缘由。而透过这些废弃的建筑，对并没有写在书上的城市历史、众人早已忘记的过去投去的一瞥，才是最让我着迷、欲罢不能的原因。或是人为因素，或是因为城市规划错误，或是经济发展不可避免的趋势，而导致的众多建筑物的废弃，都不由不引起人的深思。也许人类可以其中吸取经验教训，在未来的城市规划和设计中避免同类错误。而另一些死而复生、废弃后又被重新利用起来的建筑也给我们带来了别样的思路：如北京废弃的798工厂改作艺术区；如纽约世贸中心已作为历史中心保留下来；申遗成功的日本军舰岛已成为旅游胜地。而其他一些改作他用的建筑，如医院改学校、宾馆改养老院、军事基地改公园、工厂改博物馆等也如火如荼地在全球各地进行着。

2. 与危险共存的城市探险

自2015年开始探险到现在，底特律、费城、纽约、克利夫兰、芝加哥、洛杉矶、佛罗里达、匹兹堡、华盛顿等等，美国大城市我基本都去过了，有些城市一去再去，跑了四五趟。而大类型的废墟如剧院、教堂、学校、工厂、医院、民宅、仓库、监狱、银行、精神病院、军事基地、战舰战机、核电站等，也基本都看过了。令我印象深刻的废墟数不胜数：有隐藏在森林里首尾相连成群结队的数十辆火车电车，有隐藏在大都市如纽约、费城、底特律、洛杉矶市中心和仍在使用的建筑物混为一谈的废弃教堂，有由于人为错误多年未曾使用的度假村，有早已废弃多年如今已变成心照不宣的毒品交易点的工厂……

往往到一个新的城市，还来不及观光，我就一头扎进了暗无天日的某个地下隧道，不搞得浑身脏兮兮、肌肉酸痛是绝对不会钻出来的。有一次去一个废弃的教堂，我和Chris从地面上的一个泥巴洞里钻进去，踩着一个破破烂烂的梯子往下爬，而这个梯子却是搭在一辆购物车上，一用力，那个购物车就滑了起来。而在这个过程中，我曾遇到的危险也数不胜数：有一些来自这些废弃的建筑物本身，扭伤，被钉子划破手，从某个废弃剧院一楼摔进地下室，等等。而这些建筑物大部分年久失修，除了腐坏的地板，暴露在外的石棉保温层，也有随时可能落在头上的天花板碎片。我有过在某个庞大的废墟中迷路的时候，有过爬上一个断壁残垣却找不到下去的路的时候，有过因天气忽变而被困在废弃的度假村里过夜的时候。而最严重的一次受伤，是一脚踏穿了某个废弃的火车地板，地板割破了我的牛仔裤，在我腿上留下了数道血痕。

而另一些危险却来自人为因素：很多废弃的建筑所在的街区都不是那么安全的街区，底特律、克利夫兰、芝加哥、巴尔的摩市中心的美国非裔人口聚居区就不用提了，而在荒郊野外的工厂、教堂、度假村很可能是流浪汉的住处，甚至更危险的，是大麻或者毒品的交易点。威廉·斯佩尔曼（William Spelman）在《废墟：像磁铁一样吸引着犯罪者》（Abandoned Buildings: Magnets for Crime?）一文中出示了一组统计数据：在遍布北美的废弃建筑中，未封闭及未加装安保措施的废弃建筑中，83%的建筑都曾被用于非法活动，其中四分之一曾被用于交易制造或使用毒品等非法药物。而有废弃建筑存在的街区，警察局接到关于非法药物的报警电话数量是其他街区的3.2倍，入室抢劫和盗窃的报警电话数量是其他街区的1.8倍。

值得庆幸的是，从2015年到现在短暂的探险生涯中，我尚未遇到命悬一线的危险情况。唯有两次和枪击案擦肩而过分别发生在2018年2月的克利夫兰和2019年4月巴尔的摩。 2018年2月，我和Isabel、Blake、Ben探险结束回到宾馆，刚打开电视就看到一条滚动新闻从屏幕下方跳了出来：“今日下午四时半，本市东区102街枪击案，一人死亡，四人受伤。”——离这条街很近的一所废弃学校，正是我们当日探险的地方。2019年我又一次经历了相似的事件。在巴尔的摩探险结束的那个晚上，我和Chris开车到一个红绿灯本应直走，却看到一个当地人打手势示意禁行，并让我们右转。我降下车窗正要和他解释我们的宾馆应该直行，耳边便传来了不近不远的一阵枪声，我们立刻从善如流地一踩油门离开了这个是非之地。

除此之外，我个人感觉最不安全的两个美国城市是：犯罪率永远排名第一的圣路易斯和虽然整体城市暴力犯罪率不算高，但却非常集中而浓缩的芝加哥南区。和我同去探险的Nick，一个身高两米的壮汉，在美国探险近七年的资深玩家，在路上反反复复确认油箱是否加满，就是为了减少在这两个地方下车的频率：“有多快走多快，咱们最好是别在这两个地方停留。”至于国人心目中的“犯罪天堂”——底特律，同这两个地方比起来有些小巫见大巫，虽然暂时仍然不算一个安全的城市，但相对而言也不算非常危险。

《大西洋月刊》旗下的专注都市内容的《都市实验室》（citylab）在2019年2月份发表的一篇观点认为，把某个街区或者某些建筑和犯罪率的高低联系上是一直以来新闻媒体的一个非常荒谬的做法。做出暴力犯罪的是不到人口总数0.6%的人，和人种或街区并无直接联系。然而无论是人们的印象错与对，在一些城市，某些案犯对废弃建筑却是情有独钟。在本书的某些章节，可以通过我的探险经历一窥这些犯罪的痕迹。

城市探险在某种程度上是和危险相伴相生的。无论时间长短，都没有一个人能声称自己可以进行一场完全安全的探险活动。而在另一种程度上，这些无法规避的风险也是城市探险吸引着全球各地的玩家前仆后继充满热情地投身其中的另一个原因。

3. 城市探险中的基本守则、风险意识和规避指南

除了照片什么都不带走，除了脚印什么都不留下（Take nothing but photos.Leave nothing but footprints），这可能是城市探险中的第一守则。涂鸦、用笔在建筑物上留名字（Tagger）、烟幕弹，都算是破坏（Vandalism）的一部分；而从废弃的建筑物中拿纪念品，则算是盗窃的一部分。甚至饮酒，都可以在公众场合饮酒罪名起诉。

所以，讽刺的是，虽然这些建筑物早已被众人遗忘，但它们并非无人看管的，也并非彻底的废弃。它们的所有权，或者仍在公司或私人手中，或者属于州省政府或国家。到底什么算得上废弃建筑？在本书正文部分不同情境下讨论了多次：或许在这个世界上也许没有一座建筑算得上真正意义上的废弃。同时，由于废弃建筑天然的危险性，

在进行探险中就不可避免地要注意个人保护。纵观全球城市探险玩家，为了个人爱好进行体能训练的比比皆是。进入废墟时，准备头盔、靴子、手套等物也必不可少。遵循当地社会安全管理；不以“探险”之名进入任何禁区；不破坏、不带走、不留下，既是保护废弃建筑，也是保护自己。热爱城市探险，却也不可将生命安全置于个人娱乐之上，这是每个城市探险玩家应该牢记在心的守则。

我们日常所居住的城市，并不如我们想象中的那么安全。现代社会更加强调有序，人身安全可以精确控制到米、秒，气候被精准调节到适合人体的22度，你甚至可以坐在四季如春的观景台上，一边喝鸡尾酒，一边观赏过去只有攀登者才能见到的高山悬崖风光。而即便是所谓的冒险活动、蹦极、跳伞等极限运动，以及旅行社打出的体验式冒险旅行，保护措施和旅行计划也是经多人反复计算研究才确定下来的。无怪乎一种流行的说法是，“大探险时代”（Age of Discovery，又称探索时代、大航海时代等）早已结束。

而实际上，探险时代并未结束，它在摩登社会通过“城市探险”这种另类的方式继续存活下来。“冒险精神永存”，或许是城市探险的意义之一。

而另一种意义，则是每一个城市探险者在无意识之下完成的，对历史和建筑忠实而完整的记录。这里说的历史及建筑，并非课本上的历史或者某个城市的旅游景点，而是我们日常生活中经常遇到的每个街角的，不起眼的便利店、银行、诊所。

旅游时我们经常好奇的一个问题无非是，为什么这个建筑如此重要？大多数情况下，而答案往往来自于导游、书本、宣传画册、文字或者音频的指示牌。我们很少能直接和这些建筑对话。而在城市探险的过程中，最常见的情况是许多建筑在未曾完整地正式记录之前，已经由于天灾人祸坍塌、拆除而彻底消失。这里说的天灾人祸，包括常见的火灾、疏于管理，也包括爬藤植物及苔藓类植物的侵占并腐蚀、树木长进建筑或倒落在建筑上而毁坏建筑的地板及天花板等结构、持续降水直到建筑的木质部分由于饱和而坍塌，等等。

在我过去几年的探险中，这类例子屡见不鲜。比如众多废弃的柯克布莱德精神病院，不仅在建筑学上和精神病学发展史上有非常重要的意义，其中也仍有不少尚未搬走的病历、医学记录、病人的个人物品等，却由于人为的不重视而随着一场火灾、某栋倒塌的墙壁而彻底消失在历史的书页之间。

这众多废弃的建筑曾经的主要用途虽然已经消失，但是它们并未死亡。从一扇破碎的窗户，或者一个充满泥水的下水道，或者一道攀满爬墙虎的栅栏，我溜进了一座又一座城市的B面。这些将城市B面展现在我们面前的“裂缝”，被我统称为日常生活的终结点。而通过这些终结点，我看到了许多自己以前并未曾意识到已经失去的生活方式和历史，以及曾习惯性地忽略的周围发生的变化 。

Heterotopian（异托邦）既不是我们惯常熟悉的Utopia（乌托邦），也不是科幻作品中常见的Dystopian（废托邦：另称反乌托邦），而是真实存在的、却需要用想象力去理解的一个社会形象。

而城市探险，正如通过我们日常生活的终结点潜入隐藏在不同城市中的异托邦；同时，这些探险活动，或许在某种程度上，是沟通异托邦和日常社会的一种别样媒介。在建筑废墟、人文废墟及探险活动过程中发生的一切都真实存在，却由于种种原因隐藏在大众视线之外。每个人都在用自己的方式去理解，描述，并试图解释，我也是其中的一员。

常常被问到同一个问题：遇到这么多危险，值得吗？

其实没有什么值得不值得的，就像热爱旅行的人不可避免地会遇到丢护照被骗钱等意料之外的事，伴随探险而来的，也是各种无法预测的突发情况。在路上，不可控的因素从来不可能消失，而这些突如其来的状况，却让人变得更能坦然面对突发情况，也更能接受即兴而起的旅程，仿佛是学会了和自己相处。

有一次带着一个朋友去罗切斯特（Rochester, NY）一座废弃的商场，在伸手不见五指的地下室一片积水中我们两个的手电都受了潮，失去了光源。后来当然是平安出来了，朋友说我"你当时可真镇定"——其实我当时怕得要死。而每当这个时候，都特别能意识到自己仍然软弱，但在努力地活着。没有放弃遇见更好的未来的可能。

这本书内记录了我自2015年到2018年游走于北美铁锈地带废墟时的大部分旅程及所见所想，虽没有名山大川和热门景色，但却有很多副我透过这些废弃建筑看到的生活面孔。城市探险本是个孤独而寂寞的活动，然而在探险过程中与这些人直接或间接的接触，却让我感觉到生命是如此波涛诡谲，叫人不敢言说。

希望这本书给你带来一个全新的观察世界的方式。

Stay Foolish, Stay Alive.

DEFINITION

名词解释

Urbex/Urban Exploration

>> 城市探险，包括探索城市中废弃的建筑、地底迷宫般的城市生活隧道、废弃的地铁系统及幽灵车站，无护具攀爬摩天大楼、塔、桥或建筑脚手架。玩家被称为“城市探险者”。向天空攀爬的，称“爬楼党”。仅探索废弃建筑的，在国内被称为“废墟探险”。

No Trespassing

>> 禁止入内，许多废弃建筑物前都会立着一块牌子写着这个词组。

Infiltration

>> 潜入。这个词出现的时候往往意味着此栋建筑物的进入难度会稍微高一点——可能需要躲避保安，也可能需要通过地下通道爬行入内。入口较为明显，大门或者窗户敞开，可以走着入内或者简单地翻窗户便可入内的不能称为“潜入”。

Vandalism

>> 破坏。比较常见的破坏行为有砸玻璃、涂鸦等，用笔在建筑物上写“到此一游”或者签名也属于破坏行为。在封闭建筑物内使用烟幕弹和钢丝绒也属于破坏行为的一种。进行破坏行为的人往往仅是为了取乐，这类人称为破坏者（vandals）。

Arson

>> 蓄意纵火。在城市探险这个话题内，蓄意纵火往往为了取乐而没有目的。而热爱把建筑物点燃以取乐的人，被称为蓄意纵火犯（Arsonist）。纵火是非法行为，同时也涉及人身安全等问题。所以这些纵火者的潜在目的地之一便是废弃建筑物。不在网络上公布废弃建筑物地址是许多城市探险者默认的游戏规则之一，因为你并不知道看见这些地址的是和自己一样的玩家，还是盗贼，当然，最糟糕的一类人便是纵火者。在西方国家，蓄意纵火来取乐的出现概率似乎比中国高了许多，本书内出现的底特律库利高中和宾州之山度假村均于2017年毁于火灾。

Partner in Crime

>> 长期搭档。昵称，特指固定搭伙一起进行城市探险的另一玩家，是一种长久的、非短期的关系。比起普通的同伴（partner）来说，此类搭档往往有更深层的信任，是可以为对方两肋插刀的同伴。在城探圈内，此类搭档往往是一对一的，这种形式又称二人组（dual）。以团队为形式的探险组合在国内比较常见，西方却不多。

Abandoned

>> 废弃的。废弃建筑的定义非常微妙：维基百科上对这个词的定义是“遗弃的，不再有人持续地维护和清洁”；然而大部分状似废弃的建筑却仍然是有业主的，或是个人，或是政府。所以，这个世界上也许没有一座建筑算得上真正意义上的废弃。本书仅提供多种视角，不下定义。

Demolish

>> 拆除。废弃建筑物面临的四种未来命运的一种。

Repurpose

>> 另作他用。废弃建筑物面临的四种未来命运的一种。

Refurbish

>> 翻新。废弃建筑物面临的四种未来命运的一种。

Restore

>> 保存、保护，常指将废弃建筑物以历史建筑或文化遗产形式原封不动地保护起来。废弃建筑物面临的四种未来命运的一种。

Board up

>> 在物业的门窗上安装木板，以防止来自自然界的破坏，或者未经授权擅自进入的人类。除了木板，目前也常见以水泥、钢板、有机玻璃板等来封闭建筑物的门窗。

Ghost Town

>> 鬼城。废弃的城镇，由于无人居住，又被称为鬼城。除了彻底荒废的城镇，人口总数低于特定值的小镇也常被认为是Ghost Town。维基百科里Ghost Town页面显示，北美废弃和半废弃，或人口总数过低的鬼城加起来林林总总有几千个。

美国宾夕法尼亚州

废墟美国 | Wandering through Abandoned Buildings in North America

爱情消失后的蜜月度假村

- 这占地超过一千英亩的建筑群落，全部盘踞在宾夕法尼亚东部的风景如画的山巅丛林之中。
- 然而到了20世纪90年代，这些度假村不约而同地走向了自己命运的终点，从西至东一个接一个地废弃了，到底是爱情已死？还是热恋中的人儿都消失了？

1

"醒醒，" 同伴推我，"该起床了。"

我揉揉眼睛，手机上谷歌提示的日出时间刚过不到半小时，外面的天仍是淡青色，一缕暗红色镶着金边的光从窗子透进来，懒洋洋地洒在硕大无比的心形床上。窗外，夏日清晨专属的凉风吹着树叶哗啦啦响个不停，像是睡在森林里，又像睡在海滩上。

无怪乎这家蜜月度假村自20世纪初建成后一直如此受欢迎。

但如果你以为我们是在度假那就错了：其实我们正在一间废弃超过15年的度假村内扎营；地板发霉，窗子早已被砸碎；我们也不是睡在床上，而是睡在睡袋里；同伴叫醒我实际上是因为巡逻的警车正从楼下驶过。

同伴Chris Luckhardt是加拿大人，我们认识于2015年初。虽然相识较早，这里却是我们第二次一起实打实地探险。2015年只去过废弃农庄、主题公园和汽车墓地的我根本不懂什么是"城市探险"，只是单纯觉得这种荒草丛生的废

1 | 2

1 宾州之山度假村内部

2顶峰度假村的假山和收据

弃景象非常吸引我。但是在2015年，这个无法被周围朋友理解的爱好似乎在我和其他人之间画出了一道隐形的界限，难以逾越。反而是在网上认识了两三位有相似爱好的朋友，更加聊得来一些。

Chris就是其中一位，在时断时续地聊了两个多月后，我们打算正式见一面。于我而言，决定见面的原因一则是无比强烈、想和同好交流的欲望，而另一则是想找一个能搭伴探险的“队友”。然而从Chris的角度而言，我的探险经历基本等于零，并不是个合格的探险伙伴，所以虽然见了几次，但他并没有打算把我升级成探险伙伴；而我也仍然维持着之前独探的习惯，几乎把多伦多周边车程三小时之内的废墟全部翻了个遍，终于在2016年圣诞节策划了第一趟以探险为目的的公路旅行。

后来回头看，我自己的探险生涯似乎以这趟公路旅行为分界线，发生了许多变化。从心态上来说，我对废墟也好探险也罢，似乎更熟悉了一点，比如什么样的废墟需要去踩点，以及什么样的废墟需要带什么样的装备等等。在这趟旅程之后，我仿佛终于入了门，探险这件事也变得越来越日常，自己越来越能接受突发情况。至于在废墟中碰见的人们，无论是和我一样的探险者，还是将废弃建筑当作居住地的流浪汉，我也越来越喜欢在探险间隙花上几分钟和他们聊聊天，或者分享一根自己带的巧克力。

说回我的同伴：在2016年公路旅行之后，Chris终于认可了我作为“废墟入侵者（Trespasser）”的这一身份，我们也终于成了长期搭档（Partner in Crime）。

沿着州际80号公路一路往西，跨过平坦的东部，在山谷和山巅中上下穿行半小时，大约就该抵达度假村了。

许是挨着主干道的缘故，我们此行的第一座度假村宾州之山度假村（Penn Hills Resort）已被盗贼和破坏狂扫荡了个干净，除了积满污水的游泳池和无物可偷的室内篮球场，宾馆内所有房间早已空空如也，连床垫都被拖到室外，划烂成一条一条扔在草丛中风吹日晒雨淋。简单地拍摄照片之后，我们继续上路朝着宾馆出发。然而七月天气多变，也或许是因为进入了山区，明明之前还是晴空万里，太阳尚未西下，一场像是要将天下漏了的雨便兜头浇了下来。车速降到二十几迈，原本12点到达旅馆，睡几个小时趁天未亮潜入度假村的计划也就此破灭。

我和Chris就如此被困在了这个前不着村后不着店，连第二辆车都见不到的地方。商量了一下，决定如此便索性去此行的第二座度假村“扎营”。由于共同爱

1 | 2

1 顶峰度假村未被破坏的钢琴

2 被人拉到室外的红色心形浴缸

好的驱使，我的车里常年备着靴子、手电和睡袋，在哪里随便凑合一晚也算是家常便饭。如此便出现了开头的那一幕。

美国宾夕法尼亚州，从“兄弟爱之城”（费城）到“世界上最甜蜜的地方”（好时巧克力之镇），这个连空气中都弥漫着浪漫因子的东部之州，从两个世纪前起，从西至东建了超过三十间度假村贯穿全州，吸引着来自美国东海岸的顾客，尤其是来自纽约州的富豪们。

最早的一间豪华度假村德拉瓦云水间（Delaware Water Gap）建于1829年，坐落在宾州和新泽西交界处的群山和峡谷之间，主要服务对象是家庭周末游或休假的旅客。到了20世纪初，夏季举家到高海拔的波科诺山

◎ 要从窗外爬进去

（Mount Pocono）地区度假成了流行于纽约和费城居民间的一种时髦的旅行方式，每年有超过千人来到宾州和纽约州之间的波科诺山脉间休假。到了战后，许多从战场归来的士兵和军官不约而同地将这片风景优美的度假村作为蜜月目的地，久而久之，波科诺山脉便得到了“世界蜜月之都”的美誉。于是，许多针对年轻人的蜜月度假村也应运而生，20世纪40至50年代几十座打着“爱情”旗号的蜜月度假村纷纷在波科诺山间安营扎寨，开始营业。

到了50年代中期，波科诺山申请到了滑雪营业执照，许多度假村顺便开展了滑雪业务以提高淡季的营业额，而同时期开设的80号和81号州际公路使得游客更方便地进出山脉，从而大幅度提升了度假村的业务增长速度。

此时的度假村比起情侣，反而在家庭类型的游客中更受欢迎。一方面是因为当年结婚来此度蜜月的情侣们已然迈入中年，纷纷组建了稳定的家庭；另一方面则是度假村的功能较之前更为完善：滑雪、游泳、野餐、骑马、高尔夫和各种面向儿童的体育竞技类活动，使得这里成为寒暑假度假首选之地。

到了60年代，随着性解放运动的发展，美国保守的风气逐渐改善，更多的女性开始公开追逐性带来的快乐，同时期，美国FDA推出了口服避孕药，使得人们更加肆无忌惮地追求性爱。而被性解放运动刺激滋生并繁荣的，却不仅仅是制药公司。《花花公子》杂志于同时期创立发行，创始人海夫纳却不愿意仅仅局限于支持性解放运动，他更是斥资支持女性平权运动，支持各州的堕胎合法化。他也是同性恋平权运动的著名同盟者之一。他的名言“性是这个星球的驱动力”不仅仅被当时支持性革命的青年奉为至理名言，也流传至今。那句“女性是性革命的主要受益者”更是深刻地改变了美国人的性观念。

同样受益于性革命运动，这些家庭型的度假村纷纷应时而改回蜜月度假村。名义上是为那些想要远离尘嚣的新婚夫妇提供了一处梦幻而完美的度假桃花源，然而入住的顾客却不乏前来偷情的富豪和他们的情人和一些无法公开恋情的同性恋情侣们。毕竟，这么一个与世隔绝、收费昂贵的蜜月度假村对地下情来说，是个再理想不过的天堂了。

其中最为人称道的改变，就是常规浴缸被替换为红色心形的按摩浴缸，普通床铺周围加装了蕾丝装饰。

为了面向更多顾客，度假村不仅设有相对私密的独栋别墅，也有普通宾馆一样的客房。在一座于2018年年初拆毁的废弃度假村，不仅包含附带圆形大床和心形浴缸的豪华情侣套间，还包含一座高尔夫球场，延伸到山上的骑马场，室内及室外游泳池，网球场，等等。这占地超过一千英亩的建筑群落，全部盘踞在宾夕法尼亚东部的风景如画的山巅丛林之中。

然而到了20世纪90年代，这些度假村不约而同地走向了自己命运的终点，从西至东一个接一个地废弃了，到底是爱情已死？还是热恋中的人儿都消失了？

3

羊毛出在羊身上，这些蜜月度假村自然要价不菲。据一张扔在办公室的收据显示，一对姓Bramos的夫妇于1995年5月份在其中一座度假村居住一周，总费用为912.34美金。

根据通货膨胀计算，这个价格大概相当于今日的1600美金——如果是你，你是愿意花上一万多块钱，在家门口的一家度假村消磨一周，还是花同等的钱，去坐一周游轮，看看加勒比海的热带风情？或者飞去南加州，躺在沙滩上晒晒太阳？

所以从经济角度分析，这些度假村倒闭的原因，大概和众多废弃建筑一样，是社会发展的必经途径——科技的发展给了人们更多更便宜的旅行选择。当然，也有可能是因为我们进入了效率至上的时代，早已把“爱情”这种没有意义的情绪从体内剔除了。

而在这众多废弃的度假村中，也有那么几个少数的幸运儿仍然存活在这群山之间。其中最著名，也最接近当年风格的是峡港度假村（Cove Haven Resort）。它不仅保留了红色的心形浴缸，更在其基础上，增加了香槟酒浴缸和面向家庭游客的室外露天游乐场。甚至连它们的宣传语都和当年的蜜月度假村极其相似：“We are still in love（我们仍在热恋）”“Love Lives Here（爱情长存）”，等等。

然而，随着科技的爆炸式发展，交通方式的进一步廉价化——美国国内拟建的州际火车，NASA的火星居民计划，颇具未来形态的漂浮生态城镇“荷叶城

（Lilypad City），花不算多的钱便可以承包一座城堡甚至整个热带岛屿…… 在众多度假方式的夹击下，这些仅存的蜜月度假村又能继续生存多久？

◎ 顶峰度假村饭厅

© 格罗辛杰乡村俱乐部室内泳池

4

路易斯康曾说过：“当一座建筑不再使用，它就成了废墟，复现诞生之初的奇观。在藤蔓缠绕与荒草丛生中，建筑再一次抵达精神的崇高之巅。此刻，它挣脱一切奴役。”

主楼一楼是办公区和室内游泳池，因废弃已有些年头，大部分文件都从文件柜里扯出来扔在了地上，加上窗子被人为地打烂，夏季漏雨，冬季漏雪，整体状况不堪入目。其中几间屋子时不时总飘出来一股奇怪的味道，令人怀疑是不是在成堆的文件下，藏着几只死掉没多久的小动物。

大堂内曾精心布置的假山假水假树倒多多少少保持了原貌。如果人类离开地球移居太空，这些摆脱人类束缚的造物是不是会反倒比我们脆弱的肉身保留更久远?

看到一楼的惨状我们不禁有些失望，毕竟开了七八个小时的车，如果只有这成山的废纸和满屋的泥泞，感觉有些对不起前一夜裹在睡袋里睡在发潮似乎有霉味的床垫上的自己。

好在二楼令人耳目一新：舞池、酒吧、餐厅均保存完好，连破坏狂青睐有加的镜子和水晶灯，都侥幸地逃过了一劫般完好无损。而一串由奶白、灰色、浅蓝、深蓝的灯笼组成的螺旋形装饰仍挂在楼梯之间，除了灰尘和些许的蜘蛛

1 | 2 3

1 格罗辛杰乡村俱乐部外观
2 顶峰度假村餐厅
3 顶峰度假村心形酒吧

网，基本没有破坏痕迹。而在酒吧的角落里，甚至有一架老牌三角钢琴原封不动地立在那里，除了几个自然老化而塌陷的琴键，音准竟然几乎没差。

吧台被建成一个巨大红色心形，每边立着几把椅子，除了厚厚的一层浮灰，却像昨日还有人坐在上面饮酒作乐和酒保聊天一样一动未动——只有深陷在地毯中椅子脚出卖了这些椅子原封未动地站在这里已多年。

一时兴起我跑去试了试琴，Chris坐在旁边感叹："这架琴不出三年一定会被那些破坏狂砸成一片一片，就像底特律李广场宾馆的那一台。太可惜了。"——其实哪怕被偷走，卖掉，花上个几百块重新装一排琴键，再调调音，这架琴应该还能再用上十几年。

然而，在我们离开不到三个月内，这座度假村，被一把火烧了个干净。无论是腐臭漫天的一楼大厅，还是保存完好的二楼舞池，统统被付之一炬。

而类似的蜜月度假村并不仅仅局限于宾州，同样处于波科诺山脉的纽约州也拥有众多废弃度假村，我于2016到2018年间造访过其中5个：格罗辛杰乡村俱乐部（Grossinger Country Club）、白桦度假村、布朗度假村、白松度假村、栈道度假村。

其中格罗辛杰规模最大，破坏也最严重，主楼中央的室内游泳池早已画满涂鸦，地面上长满青苔，个别开裂的地板之中甚至有植物钻出来。而泳池四面由玻璃外墙包围，玻璃从地面一直延伸到7米高的天花板附近，相当壮观，全盛时期想必可以满足游客们躺在屋内晒太阳的愿望。

5

伴随着太阳下沉，我们抵达此行的第三座度假村桦木度假村（Birchwood Resort）。这座度假村从山谷延伸到山顶，一条主干道把宾馆区和主楼分隔开来。出了宾馆区继续往山里跋涉，走上十几分钟才到更加私密的别墅区。别墅区内十几栋独立的林中小屋错落有致，藏在高大而茂密的树木之间，由一条从山脚蜿蜒到山上的小路串联起来。

抵达时恰好是日落时分，所有的屋舍静静地立在金黄橘红的光芒之中，像极了远离尘嚣的世外桃源。当年建造者的初衷，这么一百多年来，一点也没有改变。

我们站在山巅向下看，连接宾夕法尼亚的州际公路弯弯曲曲就在不远处，而极目所至，到处都是浓密的、汁液充沛的树海。所有曾经或辉煌或精巧的人类造物，如今都被掩藏在这仿佛能治愈一切的绿色之中。人类曾经存在过的痕迹，正在一点点消失，植物重又占据这个星球。

蜜月已然结束（Honeymoon is over）。

1
2　3

1 格罗辛杰乡村俱乐部内部

2 随处可见的收据条

3 顶峰度假村螺旋结构灯笼

世界尽头的火车墓地

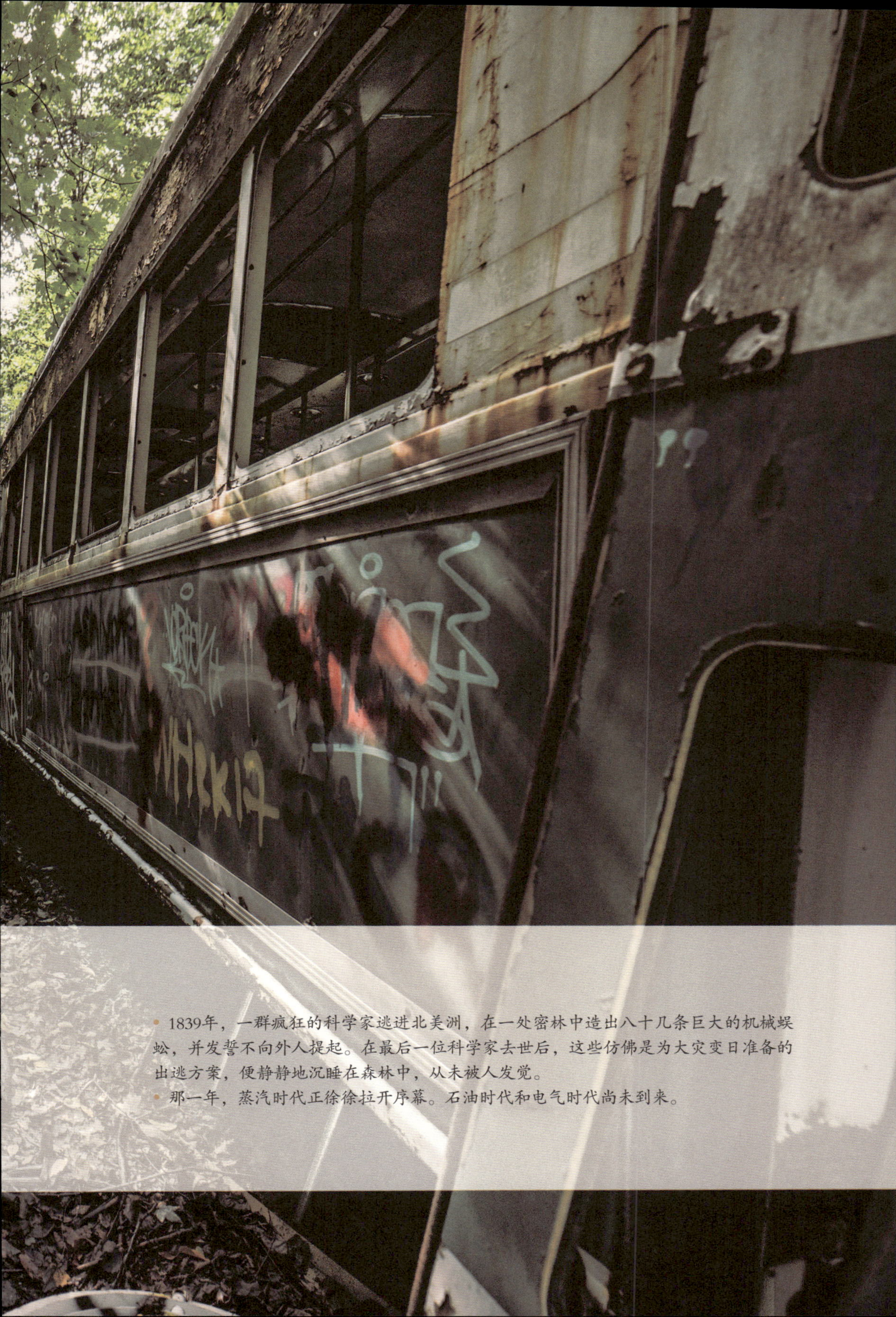

- 1839年，一群疯狂的科学家逃进北美洲，在一处密林中造出八十几条巨大的机械蜈蚣，并发誓不向外人提起。在最后一位科学家去世后，这些仿佛是为大灾变日准备的出逃方案，便静静地沉睡在森林中，从未被人发觉。
- 那一年，蒸汽时代正徐徐拉开序幕。石油时代和电气时代尚未到来。

1

2018年10月底，我最后一次开着车南下。

在我常居的多伦多，前两周已经飘了一场小雪。北国的冬天总是来得很早，10月底落雪，来年4月初停雪。我的生活就在这一次又一次的大雪之间被分割成无数个片段。雪乡的生活不易，冬季的半年天黑得早，每日下班时候天早已变成铁青的灰，雨刷徒劳地、一遍又一遍地擦着落在车窗上的雪片，远处高楼的灯光洇开成一粒粒的黄豆点。

好在往南开出去两个小时，地形地貌便换了个感觉，秋天的颜色层层铺展在眼前。下了高速在一个小镇的边缘等红灯，一大片浅黄深红琥珀色的落叶随着大风毫无头绪地扑上来，轻薄而半透明，一如某种昆虫的翅膀。

“还好没有错过。”我的心中暗自庆幸。

两年前，我也是顺着同样的一条路南下，夹杂着对未知的期待、兴奋，以及隐隐的紧张，除了正常的装备，甚至背上了帐篷及简单的野外生存包。而在其后的两年内，我数次沿着同样的一条路重回这个火车墓地，每次都落脚于同一所旅馆，晚上去同一家酒吧吃饭。2016年第一次看到我因为好

1 | 2
  | 3

1 2 3 绿意葱葱的火车墓地

奇而前来搭讪的小镇居民，如今再见，早已像是旧朋友。几个熟人看到我入座，举举杯子算是打了招呼。

而那个初来乍到因为害羞而选择卡座的我，现在反而更加习惯直接坐在吧台，恨不得分分钟拽着人聊起来——熟悉得像是回到了另一个故乡。酒保不再是之前的那个老好蒂姆，点完啤酒我照例拿出来ID（年龄证明）递给对方，他却摆摆手："不用了，我们这儿几个月看不见一个黑头发黑眼睛的，我刚来就听说在这儿可能会遇见一个来自加拿大的亚洲小姑娘，特别爱喝啤酒。"

2018年这趟拍照目的多过探险的旅程，一方面纯粹是为了满足我的个人"集邮"爱好：自2016年圣诞节至今我拍摄了这座火车墓地的春夏冬，如今，只差一幅秋景便可以凑够一年四季。而另一方面，2016年那趟我个人探险转折点的公路旅程的第一站便是此处——所以对于我个人来讲，这里是一切故事的起点。

2

我的第一次以探险为目的而进行的公路旅行发生在2016年圣诞。虽然在那之前，我在安大略以及美国周边几个城市小打小闹地“探险”了一年多，但我拜访的大部分废弃建筑无非是民宅农庄，地方性小工厂，或露天的水上公园，等等。所以，第一次公路旅行时我自暴自弃地只订了前两天的宾馆，打算在那之后见机行事；11天的旅程，我一共只计划了3个目的地，而其中的两个我甚至不确定自己是否能进得去，进去之后是否能出得来。

城市探险不同于常规旅游项目，随机的程度很大，运气是个非常重要的组成部分：有时候在路上碰到一个其貌不扬的破房子，推开门却是雕花鎏金的剧院；有时候明明卫星地图上什么也没有，然而在某个小森林里偶遇近百辆废弃却保存完好的大众甲壳虫；有时候开着车随便乱逛，却到处都是惊喜……而更多的时候，却是花费许多时间在卫星地图上定位到一座庞大的废墟、甚至连周边安全程度都调查清楚，开了几个小时车后站在建筑物面前时，要么找不到入口，要么拆除工作已经开始，一半的房顶早已消失在尘埃之中。所以我和朋友聊起各自的探险经历时一致同意：在城市探险领域内，废弃的建筑物比比皆是，然而，是否进得去却取决于天时地利人和，以及运气。

对体力的要求是另一个方面。很多时候某栋建筑物的入口往往在一个常人所不能及的地方，比如费城的里士满电厂，由于前几年破坏和盗窃严重，一层所有入口已均被封死，最“简单”的入口是二楼面对德拉瓦河的侧面窗户。想到二楼，就要徒手爬上一面离地面高约10米的墙——我的上肢力量有些弱，凡是遇到需要攀爬的地方，都有些心惊胆战，出于安全的考虑，我甚至找了教练每周两次专门进行强化上肢的训练。在费城里士满电厂徒手爬墙时，我一面在心里咒骂，一面考虑万一摔下去一定不能后背着地，因为我还背着两个相机和三个镜头。

其实，除了要战胜自己的恐惧去面对未知以外，城市探险最常遭遇的突发“事件”却是不确定性。这看上去实在是个太过日常的问题，毕竟，小到衣食住行大到工作结婚生子，不确定性无时无刻无处不在，就连废墟探险这个似乎游离于日常之外的活动也不能幸免。唯一需要提前询问自己的是，在明白不确定性的存在之后，是否愿意为了热爱的事情继续前行。

首尾相接的机车

比如，是否在不确定能不能进入某个废墟的前提下愿意开四五个小时的车；是否明白此行可能会伴随着擦伤跌伤割伤；是否愿意和当地人尤其是看上去不那么安全的当地人周旋；是否愿意面对并化解来自于保安业主警察的敌意；等等。归根结底还是天下没有免费的午餐，当站在冒险旅程和安宁生活的岔路口时，除了拥有向未知踏出一只脚的勇气，是否也做好了为这顿午餐付费的心理准备。

但是，“你用你的性格为自己一生写下注脚”，热爱冒险的人永远会为一次不知结局的险途而蠢蠢欲动。如《杀鹌鹑的少女》中所写，“当你老了，回顾一生，就会发觉：什么时候出国读书，什么时候决定做第一份职业、何时选定了对象而恋爱、什么时候结婚，其实都是命运的巨变。只是当时站在三岔

1 | 2

1 残破的火车头

2 遗落一地的火车残件

路口，眼见风云千樯，你作出选择的那一日，在日记上，相当沉闷和平凡，当时还以为是生命中普通的一天”。——当我第一次面对一扇破掉的窗户和窗后的黑暗空间却毫不犹豫地钻进去时，后续其实早已注定。

这个世界上大概没有别处，比得上站在废墟中向外望更让我痴迷：人类文明远在百公里之外，触目所及，无处不是寂静：植被侵吞的高楼大厦，偶尔停留的狐狸浣熊，百米之外便是一个人类文明剥离后的世界。窗外皆是万年之后，窗内却躺着旧日辉煌。面对着一道又一道时间的裂谷，我纵身一跳，再也不想回头。

3

2016年那个过于温暖的圣诞，我兴奋中带着些微的紧张，一路心跳加速地开着车离开了多伦多。在车里，除了正常的探险装备，还有我新买的登山靴、三脚架和半脸型3M呼吸面具。

这座我自2015年初在网络上一见倾心久久难以忘怀的火车墓地，是我的第一站。因为不清楚进入的难易程度，并下定了“不进去绝不放弃”的决心，我在此处订了两夜的旅馆——如果两天都进不去，我还可以在这个镇上多住几天；但如果运气好成功了，再计划下一步的行程也不迟。

在这个没有常住亚洲人口的小镇上，我似乎无法隐藏自己的来意——走到哪里都会被行注目礼；吃饭时无论是坐在吧台还是单人卡座，都会有人过来搭讪；我甚至遭遇了以“嗨，你就是他们说的那个亚洲女孩”开头的搭讪句式；所有人都带着浓重的乡村口音，所有人都对黑头发黑眼睛好奇。

1 | 2 3
  | 4 5

1 与植被纠缠的车厢门

2 火车尾

3 “看脚下”

4 车厢内部

5 “请准备好零钱”

所以在镇上住下没多久，一半以上的人便知道了我的目的地是镇子边上的森林；而我，几乎没费什么工夫也就耳闻了森林管理员的火爆脾气：爱喝酒，有猎枪，常常叫嚣着如果被他发现有人不经允许进入这片森林，一定要“给对方点厉害瞧瞧”。

虽然不想死，但我也十分地想进去。好在天气足够暖和，我决定试试新入手的露营装备，所以第二天中午，趁着阳光正好，我背着相机和睡袋绕开森林正面入口处的管理员办公室，顺着一条半干的小溪七拐八拐地走进森林深处。而在某个转角，第一辆锈蚀而庞大高耸在谷地之上的废弃机车突然出现时，我激动得几乎要跳起来。

往前走，是成群结队趴在峡谷中，弯弯曲曲的，锈蚀的，静止的，死气沉沉的，八十多辆浓墨重彩的如脱离科幻作品落入人间的机械蜈蚣般，首尾相接的废弃电力机车；往回看，是参天蔽日，密不透风，一眼望不到尽头的森林和高低起伏的谷地。

而在森林中绵延了几公里，这些拥挤而巨大到略微有些失真的人类造物，似乎和周围参天蔽日、密不透风的树木全然不搭。更不用提两旁早就长进车里的灌木，以及随处可见如我手掌般大小的蜘蛛们。感觉下个瞬间应该从旁跳出几只鹿或者一只狐狸。

与此同时，我正背着帐篷，想找出一块干燥的没有碎玻璃的地方扎营。

对于这座密林中的火车墓地起源，比较可信的说法是一个以电力机车为爱好的老爷爷退休后，从全国各地搜刮了这些曾在马萨诸塞、田纳西、伊利诺伊、印第安纳州服役的退役机车，租用了森林中的空地，一方面试图修复或者翻新这些机车到可以卖给博物馆的程度，一方面也是也是为了满足个人爱好。然而随着年纪渐长，修复工程不得不一再搁置，到了2010年前后，他甚至无法保证对这些机车的日常维护工作，这些人类造物便停留在密林深处，风吹日晒雨淋，逐渐被人遗忘。

无论他当年的目的是什么，多年之后，对于我这个不远千里跑来此处的“亚洲女孩”而言，触目所及之处都是如金字塔泰姬

◎ 坐在机械蜈蚣上

陵般震撼到无法付诸文字的场景——背着睡袋和三脚架在森林中跋涉的我，身旁是几十辆与植被纠缠在一起无法分离的、废弃的人类造物。

时间进度条好像被拖到了几千年后——一个人类已经消失的未来。

大自然重新占领地球。

所有的高速上都跑着动物，所有的高楼大厦上都覆盖着爬藤植物。

Almost as if the apocalypse has happened but no one knows（似乎大灾变早已降临，人们却毫无知觉）.

1 2 | 4
3 | 5
| 6
| 7

1 秋天的火车墓地

2 驾驶位上的积雪

3 火车轨道铺满落叶

4 火车零件

5 斑驳的车顶

6 冬天的火车墓地

7 落满积雪的乘客椅子

4

我喜欢这种后启示录景象，也喜欢充满未知以冒险为主的旅程。2015年6月，当我前往一个公众海滩时，偶然地途经一个废弃水上乐园，街对面十几米的水上滑梯骤然矗立在一片低矮的饭店之间，而滑梯上斑斑点点脱落的涂层和顶端已然破裂的防护措施，简直像是把“废弃”这个单词涂刷在条幅上举在空中摇旗呐喊般邀请我过去一探究竟。

我欣然接受了这个“邀请”，停好车，翻过栅栏，迅速爬上了那个十几米的水上滑梯。公园内除一条卡丁车道、蹦床、碰碰车道等外，最令我印象深刻的，是公园内部印在滑

◎ 冬天的火车墓地

梯、蹦床、售票窗口那些随处可见的笑脸表情。或许在公园建造初期，这些笑脸的目的是传达温暖快乐的感觉，但在那个破败不堪、荒草丛生的环境中，这个简单的笑脸却显得无比讽刺。

所有的第一次总是让人难以忘怀，在其后的几个星期之间，那个荒草之间的笑脸以及笼罩在阴影之下的奇异美感，无数次钻进我的脑海。而我，也无法抵挡它们的召唤，就此迈入了废墟探险的大坑，带着些微的紧张、兴奋和愉悦，一头扎了进去，再也没出来。

时间转回2018年。回望过去，无论是2015年之初还是2018年的现在，城市探险吸引我的最本初、最直接的理由都是：我深深地热爱这项活动。三年多来的探险让我得到了许多，也失去了不少，而在这深深浅浅的“得”与“失”之间，我从来未曾想过，也始终无法停止我的旅途。此时距离我首次进入火车墓地，已经过去了两年多。车身上的涂鸦增加了一倍，打破的玻璃、划破的车座、从车上拆下来扔在地上的零件比比皆是。也许是管理员的脾气没那么火爆了，也许是他也年纪渐长管不了周边许许多多精力过于充沛的青少年了，也许是慕名前来的“涂鸦艺术家”太多。无论是哪种情况，这座密林深处曾被人遗忘的大灾变后生存计划，或许在不远的将来，将首先迎来自己的末日。

它们与世隔绝，直至有人踏入这片山谷

——探访甲壳虫之墓

- 英文里有句话是“一千个人眼中有一千个哈姆雷特”，如果我对你说“夏天”，你会想到什么？游泳池？午后暴雨？还是空调屋内光凉的木地板？
- 对我而言，夏天就是四十几度，又闷又热，汗流浃背地扛着相机，在森林里跋涉。而在这片遮天蔽日的森林里，堆满了各种年代的大众汽车，从甲壳虫到Karmann Ghia（大众汽车型号），从迷你面包车到大众T2型露营车（Westfalia）。
- 如果我对你说“夏天”，你会闻到什么味道？西瓜？冰激凌？还是某个人衣领上干净的洗衣粉？
- 我的2017年的夏天，布满了太阳的味道、森林的味道、微风的味道、流汗的味道、小虫子咬在皮肤上痒痒的味道，以及阳光晒在成百上千个废弃的汽车轮胎上、胶皮快要融化的味道。

1

2017年8月底，在一趟南下去探索一座废弃已久的省立医院的旅途中，我非常偶然地发现一个人口稀少、近乎废弃的小镇。镇上只剩下一些孤寡老人和一些五六十岁即将退休的中年人，既没有农田农庄，也看不出有什么支柱型企业。镇子藏在阿巴拉契亚山脉之中，面向森林，背靠河谷，唯一的一条主街南北向，往南是个30度的下坡，往北是个20度的上坡。

北美这种废弃或者半废弃的小镇很多。最常见的原因是年轻人朝大城市迁徙，都市人口越来越多，曾经的小城市慢慢变成小镇，小镇人口慢慢衰落到不足百人。而其他原因诸如：人为干涉——国家修路导致交通不便；天灾——比如被洪水淹没的小镇罗伊斯顿（Loyston，属美国田纳西州）；煤矿事故导致永远在燃烧的小镇森特勒利亚（Centralia：美国宾州，寂静岭故事发源地）；大屠杀、传染类疾病如天花、重金属泄漏；等等。

1 | 2

1 2 并排成列的大众篷货车（Minivan）

如果你在维基百科搜“Ghost Town”（鬼城：废弃的城镇，由于无人居住，又被称为鬼城），你会发现美国和加拿大的废弃和半废弃或人口总数过低的鬼城加起来，林林总总有几千个。

在我探险过程中，这样的小镇见过不下一百个，大部分时候只有一些废弃的民宅。虽然偶尔瞥见陌生人曾经的生活和梦想很有意思，但对于我这个蒸汽朋克迷来说实在是远远不够——我需要潜入一些怪异或者庞大的工业时代遗迹，才能睡个好觉。

而2017年夏天我发现的那个背靠阿巴拉契亚山脉的小镇，也正是这许多小镇中的一员。那天在镇上的妈妈的厨房（Mama's Kitchen）小饭馆吃完午饭，我沿着镇子边缘转了一圈，准备离开时却突然看见在下坡山谷的森林里有十几个闪光点，对着正午12点的太阳熠熠发亮。

2

热爱徒步或者骑行的人可能在一些人迹罕至的小路上见过一辆或者几辆废弃的汽车，甚至可能见过几辆收藏级别的古董车。所以当我越过一片密不透风的树林，开始向河谷跋涉，见到了几个随意丢在地上的车门时，想当然地以为这里是另一个汽车墓地。

汽车墓地并不罕见，基本成因可以分为两类：一个是这里曾经是个家庭作坊式4S店，店主以极低的价格收购了众多废弃汽车，如果有人车坏了或者缺零件了，店主会从这些废车上拆下来一个相同零件，卖给对方，或者多收个两三块钱给对方装上去。另外一个成因是众所周知却秘而不宣的垃圾车堆放地，第一个人把自己坏了或者不想要的车丢在一个很难被人发现的偏僻角落，偶然发现的第二个人也效仿第一个人把自己的车扔下，久而久之，这里就变成了一个货真价实的汽车墓地。

作为一个入门时间并不长的玩家，我见过的汽车墓地实在是太多了——如果不是眼尖看到山谷尽头停着一辆橘色的大众T2型面包车，我可能就打退堂鼓了。

1969年伍德斯托克（Woodstock）的音乐节上，一辆大众面包车被涂上反战图腾和标语，车上竖起一块大大的标志牌“让战争去死吧（FUCK the WAR）”，带领大众从此走入乐迷和嬉皮文化的核心地带。

如果你是一个公路片的爱好者，你一定在数不清的电影中见过大众20世纪50年代生产的T2型面包车。这么一辆算不上快、时常抛锚、排量只有一点几升、甚至从里到外都是破破烂烂买回来还要翻修的车，历久弥新却从未真正退出历史舞台的原因可能正是它一直是汽车文化、公路

1
—
2

1 2 陷入落叶中的甲壳虫

情怀的典型代表：《阳光小美女》里胡弗全家就是开着这么一辆明黄色的大众面包车踏上了小女儿奥莉弗的选美之路；《阿甘正传》里，珍妮的前男友也是开着这么一辆车带走了阿甘今生的挚爱。

无论如何，大众T2型面包车在当年风靡一时无可否认。而近些年随着网络上越来越流行的游牧文化、嬉皮士之风，大众面包车大有重新热起来的趋势。而我也说不上局外人，因为我也是一个大众面包车的资深粉，2014年我还专程去过一趟芝加哥看车，打算入手一辆天蓝色的。

3

所以，一看到那辆橘色的大众面包车，我的心跳便不由自主地开始加速。随着越走越近，隐藏在橘色车后面的另一辆白色的面包车也慢慢显露出来，然后是另一辆缺了头灯的面包车，再跟着是一辆超小型天蓝色和一辆并列放着的暗红色迷你面包车。

而越过这些外围的大众面包车，聚集在这片山谷内部，被树林层层挡住的，是将近一百辆成色新旧不一、产于20世纪中叶、而非后期仿造的、真正的老式甲壳虫。

而我站在镇上主街看到的十几个闪光点，正是这些甲壳虫的玻璃反射出的阳光。

大众甲壳虫，官方名称为大众I型汽车（The Volkswagen Type I），自1938年第一辆从德国沃尔夫斯堡大众汽车的生产线上落地，在80年间共卖出了2100万辆。在对20世纪世界上最具影响力的汽车进行的国际民意调查中，甲壳虫在福特T型车、宝马MINI、雪铁龙DS之后排名第四。虽然“甲壳虫（Beetle，Bug）”这个昵称很早便流行了起来，但直到1967年8月，大众才开始在官方材料中使用这个名称来称呼这个造型圆滚滚的家用型小轿车。

提起甲壳虫，就不得不提起希特勒——一个一辈子都没学会开车的、货真价实的车迷。回到1933年2月，在希特勒上台两个月之后，他就已经去参观柏林的国际车展，一方面是因为他真的喜欢汽车，而另一方面却是他早已有意振兴德国汽车制造业。在这次车展之后不久，他便提出要设计制造一辆“人民的汽车”，这辆车不仅应该和当时流行的福特T型车一样性能优良，更要廉价，能让每个德国家庭都开得起。

采用了保时捷的设计、启用了沃尔夫斯堡作为汽车城，虽然德国民众购买热情并不高涨，这款希特勒心目中适用于德国家庭的两门四座的小轿车仍然立刻投入了生产。然而，振兴德国汽车工业的目标还没达成，二战便席卷了全球，整座汽车厂迅速被改制为军工厂。整个沃尔夫斯堡，也从汽车城变成了德国军工生产的一座重镇。这个原本为了人民设计的家用汽车，也随之投入了战争。直到1945年，沃尔夫斯堡共产出669辆甲壳虫，除了不到10辆是实实在在的民用型，剩下

林间空地上的甲壳虫和大众 Karmann Ghia

全部被改装成德国军方的军用车，这也是甲壳虫另称为“战车”的原因。

二战结束后，甲壳虫逐渐从战场走入民间，在其后的70年间，甲壳虫在不同时间不同空间拥有众多的代表意义：早在20世纪60年代，由于狂热的嬉皮运动以及其独特而古怪的外形，甲壳虫与宝马MINI、雪铁龙2CV一起被认为是“邪典”汽车的开山鼻祖。而由于在嬉皮运动中的特殊地位，60年代的甲壳虫常常披挂着一身颇有迷幻色彩的外皮，也由此被认作是艺术汽车的元老级人物 。全球艺术汽车大本营——休斯敦艺术汽车俱乐部年年都会以甲壳虫来更新并创造不同的艺术汽车，其中最有名的标志性产品便是一辆戴着牛仔帽的甲壳虫。

然而，就如同20世纪的所有经典车型一样，甲壳虫在与来自北美及日本经济型轿车的激烈竞争中逐渐走向下坡路，其销售于20世纪70年代中期开始下降，期间大众曾多次试图改进这款承载了诸多意义的小轿车，以期增加它的竞争力，却均以失败告终。

1978年，德国工厂的甲壳虫产量已经非常稀少，主流生产线已经转移到了南美洲的巴西和墨西哥。全世界最后一只甲壳虫于2003年在墨西哥的普埃布拉出产，而巴西的生产线在1986年到1993年间短暂中断，之后于1996年彻底停产。1998年，在大众高尔夫的基础上，大众推出了“新版甲壳虫”，虽然与原版有诸多相似之处，在大众车迷的心中却远远不及那个从战争前线滚落到民间的嬉皮文化先驱。

即便如此，改进版的甲壳虫似乎也无法逃脱上一辈的命运，2018年9月大众汽车在新闻发布会上宣布，这个曾经是全球销量冠军，共卖出超过2100万辆的大众甲壳虫将于2019年正式停产 。

1 | 2

1 橘色的大众 T2 型面包车
2 淹没在丛林里的甲壳虫

4

时间转回2017年，当我站在这个山谷之间的密林入口处，目瞪口呆地看着面前满坑满谷的大众甲壳虫时，竟不知是要庆幸这些甲壳虫没有停放在树叶遮天蔽日的森林深处，还是要庆幸自己途经时恰恰好是阳光强烈的正午。

靠近山谷的一侧，十几辆甲壳虫肩并肩停成两列，宛如一场持续了几个世纪的大堵车或者一场永远没有尽头的上下班高峰。

靠近树林的一侧，甲壳虫随意地四下散落着，有一些恰好卡在几棵树间，说不好是先有树还是先有车。是不是如我想象中的车被扔在一片空地中，而当年的种子就此围着车生根发芽长成大树?

更远处，是一些停放时间更长的甲壳虫，在人类活动消失的十几年甚至几十年中，大自然已然开始对这些人类造物进行再加工：有的深陷在泥土之中，车轮被掩埋起来；有的或被杂草紧紧缠住，或被抹上青苔，爬藤植物旁逸斜出地从敞开的车门里钻出来，肆无忌惮地腐蚀着这些人类造物的生命；而你不好说是不是这其中的一部分已经成了小动物的新家——即便能重新给它们加油上漆发动起来，也已经无法从大自然中剥离开来。

而在浓稠到化不开的墨绿色树影之下，蚊虫的叮咬、阳光透过树叶像水银一样漏下的光影、空气好似已经凝固以至于呼吸都困难的燥热，所有的一切不断地刺激着我的五感——

宛如正在亲眼看见一场由时间快进和造物主大自然共同举行的机车死亡仪式。由于早已订好宾馆，南下的计划无法推迟，我拍了几张证件照之后便迅速离开了。路上我把一段手机录的视频发给Chris：“Guess what I found today!（看我今天发现了什么！）”

“Holy Christ（我的妈呀）”，十几秒之后我的手机叮的一声响，“我们什么时候计划一下！”

时隔两个多月，2017年10月底我与Chris一起重返此处。彼时恰是一个秋日午后，我们看到的是与第一次完全不同的体验：金黄色近乎透明的落叶将这些甲壳虫轻薄地掩埋起来。而10月份的空气一如既往的清脆且沉重，带着一点点秋日特有的泥土的味道，将这片甲壳虫墓地染上一层静谧的色彩。

而人类，仿佛是从这些交通工具中离开，忙碌于自己的生活，遗忘了它们的存在。这九十多辆甲壳虫与我第一次看到的并无两样，似乎时间的流逝在它们身上变得非常缓慢，锈迹和涂层的脱落都在以慢动作向前推进着，等待着彻底被遗忘的那一天的降临。

而在那天到来之前，这里都会像一个浑然天成的“甲壳虫爱好者的迪士尼乐园”一样保存下去。

◎ 废弃的“甲壳虫乐园”

从古罗马、古希腊到拜占庭
——探访废弃教堂

- 距离目的地还有不到10米。
- 开了七八个小时的车；从停车的地方徒步走了半小时；翻栅栏，钻地洞，爬进地下室——而此时，我们距离目的地还有不足10米。
- 垂直距离10米。
- 在我们头上大约10米处，有一座曾红极一时的罗马天主教堂，就是我们此行的目的地。这座罗马天主教堂建于1850年，以12扇精妙的彩绘玻璃柳叶窗而闻名，同时，被刷成亮绿色的天顶和一个巨大的、直径2米的玫瑰窗不仅为人称道，更曾出现在众多电影之中——
- 只需要往上爬10米。
- 当然了，如果你想做一名合格的游客，你可以去逛博物馆，也可以去看一场IMAX电影，还可以去观摩研究两三个世纪前遗留下来的建筑物，或者穿上黑黄相间的队服为你的球队助威呐喊。你可以挤在人山人海中，为所有你认为值得的事情排队，买票、交钱。然而，假如你觉得这些早就看腻了，或者你想看点儿别的、看点儿其他人看不到的，你可以走到那些看上去摇摇欲坠年久失修的建筑物附近转转，找到一个泥巴洞口，往下爬10米，在一个空气质量糟糕、泥水盖到脚踝的地下室里憋上40分钟——
- 那个躲藏在整座城市背后的另一个城市的入口就要向你敞开了。

1

2017年秋，我和Chris定位到了两座非常庞大的教堂，七拼八凑了几天假，便出发了。

在城市探险领域内，废弃的建筑物比比皆是，然而是否进得去却取决于天时地利人和，以及运气。比如我们定位到的这座建于19世纪末的罗马天主教堂，废弃时间已久，但由于政府时而提议修复、时而提议拆除，教堂的看守力量时松时紧，最容易的时候据说可以从正门横着爬进去，而最难的时候——2005年Chris独自来到这个教堂，转了半个小时没找到入口。

罗马天主教堂

半个月前，我在网上突然看到一段手机短视频，根据里面的结构判断出是这座教堂，而教堂内部的整洁程度、破败程度均显示，这是一段最近拍摄的视频。

“难道又能进去了？”我把视频发给Chris，他看了10分钟，回了一条消息：“I have to see this（我要去看看）.”

寻找入口的过程出乎意料地简单。

按照惯例，我们绕着这个外表青灰色的大教堂走了一圈。教堂正前方的铁门敞开着，两侧和背后更是连示意性质的围栏都没有。到了左后方，一个在地面上不知被谁砸开的洞口赫然出现在我们面前，仿佛在冲我们招手：快来吧。

我和Chris对视了一眼，看看周围，此时整条街道仍然空空如也，周围的民宅也是窗帘紧闭，这种天时地利人和的瞬间怎么可以错过，我们迅速顺着洞口溜下去，洞内被时间打磨到参差不齐的砖块正如天然的梯子，最低的一个踏脚处和地面只有半人高，我瞥了一眼下面的一摊泥泞，顺势跳下——软着陆。

“Yikes（好恶心）”，Chris跟着我一起跳下来，恰恰好落在泥坑之中，他甩了甩靴子上的泥，无可奈何地摇摇头，便和我一同按亮了手电。洞内比我们想象中大得多：往上看，上面足有一人多高；往前看，前面一片漆黑，手电亮光可及之处，除了一些作为支撑的柱子，只有高低不平的泥泞地面。我们摸索着戴上手套，往前走了不足十步，洞口外面那个幻梦一般的世界便消失了，叽叽喳喳的鸟叫声、夏日清晨若有若无的风声、不知谁家的狗叫声，忽然间隐匿起来。空气逐渐转凉，接着变冷，随着不知何处滴滴答答的落水声，一点一点刺破我们的外套，我似乎感觉到双臂上的汗毛由于乍然接触到冷空气而站了起来。

我们顺着地下室走了一圈，除了深浅不一、盖住脚面的泥水以外，就是垃圾和柱子，四周密封得很严，除了入口以外，没有多余的门窗，空气质量非常糟糕。然而更糟糕的是，在这个手电筒只能照亮面前半米的泥巴洞里摸索了将近30分钟后，我们俩终于承认：我们迷路了。

在城市中迷路时，守旧一些的游客可能会拿出从游客中心领的地图，开朗一些的游客可能会拦下一个路人咨询方向，而在这个数码时代，大部分游客会掏出手机，打开各种地图应用，输入目的地，找出一条最近最便捷的路线。

在废墟中迷路，地图和手机是指望不上的，而此时若是突然从黑暗中蹦出一个路人，恐怕我们受到的惊吓要远远高于惊喜。

教堂的地下室一团漆黑，这黑暗，仿佛有实体一样，浓稠地将我们的手电光亮一点点吞噬。脚下的泥水混着我不愿意细想是什么动物的尸体，腐臭味忽远忽近。 也许，我们甚至不在教堂的地下室，而是在地下室之下的地基和教堂主体之间的那层空洞之中。但是无论如何猜想，我们都无法确认自己身在何处。唯一能确保我们尚未陷入疯狂的，无非是知道，在身后遥远的某处，入口仍在。

回到半个小时前，我和Chris刚刚抵达这座坐落于宾夕法尼亚州西南部、俄亥俄河口的工业老城：匹兹堡。作为宾州第二大城市，匹兹堡曾一度是美国钢铁工业中心，甚至有“世界钢都”的美誉。

从地理环境看，匹兹堡附近矿藏丰富，加上身为港口城市的运输便利，自19世纪以来，一直是美国最大的钢铁基地。在一、二战期间，由于钢铁的需求量猛增，匹兹堡进入钢铁工业发展的黄金时期。由钢铁业发展带动地区的经济发展，使得匹兹堡空前繁荣起来，《财富》杂志当时评选出的美国企业500强中，有21家公司总部设在匹兹堡。好景不长，由于该市过于依赖重工业，不免造成了环境污染严重、产业集中度高等问题。

20世纪50年代起，政府开始进行改造。这些改造带动了诸如互联网、生物科技和医药等高技术企业的迅速发展，在重工业在铁锈地带纷纷衰落之时，使得匹兹堡躲过一劫，并未如诸多其他铁锈地带大都市那样一蹶不振 。

我们沿着俄亥俄河一路南下，整座城市如同一个精巧的模型在我们眼前徐徐展开，两侧地势高耸，市中心（downtown）区域在河谷中一览无余。而那个著名的PNC棒球场，在清晨阳光的照耀和三面河水的反光之下，熠熠闪亮。

按照原计划，我们应该在这个懒洋洋周日清晨潜入一座身处闹市区的废弃教堂——周日清晨，对于废墟探索来说是个天大的便利，无论是在补觉的人，还是收拾整齐准备去做礼拜的天主教徒，或者是尚在前一夜宿醉未醒的派对达人，任谁，在整个城市半梦半醒时分，也懒得向窗外多瞄一眼。

1 | 3
2 |

1 罗马天主教堂大门

2 彩绘玻璃

3 芝加哥圣史蒂芬教堂穹顶

2

教堂，作为教徒集会和祈祷的地方，几乎遍布欧洲、北美的每一个角落，一份来自2010年的统计数据显示，纽约城内有至少6000座教堂。虽然服务对象不同，但不管是罗马式还是哥特式建筑，大部分欧美的教堂总会包括一间大堂、穹顶、钟塔、管风琴、彩绘玻璃。

而北美铁锈地带，由于曾经的繁荣，教堂的数量和种类更是远远超过美国中西部大农村。从一个最简单的礼拜堂（Chapel），到普通随处可见的教堂（Church），再到主教座堂（Cathedral），甚至不缺更高一级的圣殿（Basilica）。维基百科上显示，铁锈地带的大部分教堂建于17世纪前后，这些

宗教场所经历了多个世纪的发展和演变，通过吸收教徒而不断发展壮大。然而，随着时间流逝，许多教徒众多，曾经华丽雄伟的教堂却逐渐荒废，虽然矗立在市中心却无人问津，废弃长达数十年，在时光的打磨中变得黯淡无光。

自探险初期到现在，我每到一座城市，总能发现一到两座废弃的教堂，而一些大城市如费城、纽约、克利夫兰，废弃教堂的数量甚至有两位数——为什么会有如此之多的教堂被废弃？

综合而言，教堂废弃最常见的原因是教徒的流失：一份来自皮尤研究中心（Pew Research Center，美国一间独立性的民调机构）的调查报告指出，从1910年的6亿到2010年的20亿，全球基督教徒的数量在过去的100年中翻了3倍。然而却赶不上全球人口的增长速度。另一份来自《大西洋月刊》（*the Atlantic*）的综述性文章更清晰地指出：在美国，放弃或拒绝宗教信仰的人数，自1992年的6%上涨到2014年的22%。而在新生代的80、90后中，主动脱离宗教的人数高达35%。一些观察家认为这种变化有益于缓解文化战争和促进文化融合，一份来自奥巴马政府的《美国发展报告》（*Center for American Progress*）中表明，这场由年轻人引领的世俗化“运动”正在削弱文化战争 。

教徒的流失，又称为“世俗化”，在过去的几十年中，教徒世俗化的最常见原因是人生受挫：在我遭受如此重大的危急时刻，本该看护我的上帝哪去了？当失业狂潮席卷底特律时，大部分人拒绝继续出席周日的礼拜活动。而在十几年后经济良好的今日，诸多从未经历过经济滑坡或战乱的年轻人主动放弃信仰，却是和同性恋及大麻的合法化密不可分。而这个突飞猛涨的世俗化“运动”，又进一步影响着美国政治党派斗争，同时也使得以唐纳德·特朗普（Donald Trump：第45任美国总统）为代表和一系列自认为支持白人民族主义（white nationalism）随之崛起。

具体到铁锈地带的教堂遭到废弃，另一个主要原因或许是种族变化——南方信仰新教的非裔人口迁入市内，白人原教徒挪向市郊。而教徒大量流失，导致原本服务于白人教徒的教区入不敷出，不得不关门大吉。

在底特律高街公园区（Highland Park），一座名为各各他山的浸信会礼拜堂（Chapel），正是由于种族变化，于2010年彻底关闭。2017年6月底，我和Chris第一次进入时，这座仅仅废弃7年的礼拜堂已经一片狼藉：大部分宣讲册及圣经被扔得到处都是，除了一楼大厅地面上散落的一些，还有一些被撕烂后塞进厕所，更有几本在地下室内被摆成一个低俗的姿势并被画上更加低俗的涂鸦，旁边还标注了一行小字：God believes nothing（上帝没有信仰）。

因为疏于看管，一楼长椅被扯得七零八落，画上了“DETROIT OR NOTHIN”的字样，苔藓遍生的墙壁上也断断续续出现了或简单或复杂的涂鸦。这间礼拜堂唯一看似宝贵的财产——一架三角钢琴，早被人打断琴腿，敲烂琴身。

1 | 2

1 圣约瑟夫教堂彩绘

2 废弃的钢琴

虽然在城探圈有个不成文的规矩："Take nothing but photographs, leave nothing but footprints（除了照片什么都不带走，除了脚印什么都不留下）。"但是从城市探险存在之初，就一直有人打着"艺术创作"的名义，为了营造猎奇效果或恐怖的氛围，在废弃的建筑内随意破坏，比如涂鸦，比如彩色烟雾弹，比如洒上假血，或者在模特身上和附近的墙壁地面上涂抹假血，比如把人偶拗成奇怪扭曲甚至低俗的形状，比如砸碎两扇玻璃给原本干净整洁的废墟添加一些年代感等等。

以前看到过一个评论：

"描写城市探险和拍摄废墟是挺难的，因为你必须要找到一个视角，既呈现了这些地方奇特的美感，又嵌入了自己的探险经历，同时也并非是在炫耀自己有多酷、多么与众不同、多么敢于藐视法律。废墟和探险都不是为了猎奇来的。它们的存在就是一种奇迹，而摄影师和作者们的职责更应该是尊重它们，还原历史。如果你探寻的目的只是为了猎奇，为了追寻热点，那么在这条路上你走不了太远。"

而相对于底特律这座简陋的浸信会礼拜堂，另外几座宏伟壮观的教堂和座堂的废弃就更令人唏嘘不已。

圣约瑟夫教堂，始建于1810年，废弃于2000年。虽然今时今日已被人忘记，

1 | 2
  | 3

1 圣约瑟夫教堂

2 克利夫兰浸信会教堂

3 彩绘玻璃：方形玫瑰窗

但那些传承自维多利亚时代的辉煌却从未消失。庄严的塔楼，红砖建成的拱门，一个双层镶嵌的方形彩绘玻璃玫瑰窗和一架从威尔士运来的管风琴，奠定了两个世纪前圣约瑟夫教堂在美国东岸教徒中不可动摇的地位。

将近20年的废弃并不能抹杀这座教堂的美丽。我们进入时恰好是一个秋日的日落时分，太阳的最后一丝光线恰好落在教堂暗红色的砖墙上，原本寒冷的内部竟也有了一丝暖意。而从彩绘玻璃透过来的光芒，在铺满剥落墙皮的地毯上画出一小块美丽而斑驳的光斑。

我们站在这个寂静到令人耳鸣的教堂神坛之上，静静地注视着随太阳移动而缓缓伸长变暗的光斑，想象着两个世纪前当这座城市刚刚兴起时，圣约瑟夫教堂就这么高耸在一片荒原之中，在每个日出日落时分，将这块同样的恍若神迹的光斑投射在教堂正中，让每一位教徒和来参观的非教徒们感受到一丝宁静。

然而在这两百多年间，随着周围摩天大楼的兴起和移民的涌入，原本应该更加繁荣的圣约瑟夫教会却逐渐衰落，终于入不敷出，在1997年的一个周日最后一次鸣钟示意，永久性关闭了教堂大门。

时至今日，圣约瑟夫教堂虽仍矗立于市中心，却始终笼罩在周围高楼大厦的阴影中。虽然柳叶窗和玫瑰窗都完好如初，而4个吊扇、古钟和长椅也原封未动，但管风琴却早已从墙壁上掉了下来，天花板也早已一层一层脱落，如果不仔细观察，根本看不出掩盖在灰白色的剥落墙皮之下的是一条厚重的猩红色地毯。

3

在我的探险过程中，发现对废弃教堂情有独钟的探险者不在少数，而他们往往也非常热爱废弃剧院。这个其实很好理解——在众多废弃的建筑中，教堂和剧院是为数不多的专为美而打造的建筑物。废弃的工厂、学校、监狱、医院，甚至宾馆，修建时都有其特殊的用途和目的，同时，投资方的资金也往往是固定的，“效率至上”是建造的黄金信条。而教堂的建造，却首先要保证建筑物的富丽堂皇，以显示本教区的实力雄厚。

修建教堂时的斥资之巨，也间接导致了废弃之后重新修复的困难程度之大。大部分停用的建筑物的未来一般分为三类：第一类是扔在原地无人问津地闲置，也就是最常见的废弃（abandoned）；第二类是拆除（demolish）；第三类是修复或翻新（restore or renovate），而第三类也常常包含另一小类：另作他用（re-purpose）。然而教堂，由于类别特殊——不像废弃的宾馆可以在后期改作公寓，废弃的医院可以在后期改作疗养院，废弃的学校可以在后期改作办公楼——这些曾经神圣的宗教场所废弃以后改建的可能性基本为零，除了彻底废弃，募资修复，只有拆除一条路等在或近或远的未来。

修复一座教堂究竟需要多少钱？一个简单的数据可以让我们有个直观的概念：修复一扇彩绘玻璃的柳叶窗需要约2.4万美金，包括修复腐朽的木质框架，用金属重新包裹并上漆，拆除彩绘玻璃部分，清洁重新上色，替换破裂的玻璃，然后在整扇已完工的窗子外面加装一层保护性玻璃。

1 | 2

1 圣兄弟会殿堂

2 医院内的礼拜堂彩绘

在纽约附近的一座废弃的圣兄弟会圣殿，从2010年开始募资修复，到2017年夏天，才达到了第一阶段的资金要求：250万美金。我和Chris潜入时，主堂已经完全封闭，只有穹顶仍能让人一探究竟。从5扇细长窗户破碎的玻璃中，几乎能俯瞰整个城市——如果不担心太靠近窗户被人发现的话。

而除了废弃的教堂，另外一个地方能见到这些废弃的宗教场所：早期修建的综合医院。2017年夜探废弃的圣卡瑟琳医院时，我们在一楼发现了一间小巧的礼拜堂。这类礼拜堂几乎存在于每间早期建造的医院之中。不仅仅是为了让患病的教徒有祈祷之处，更是当一位教徒去世以后，他的家人可以在此完成祷告和一些简单的仪式。而北美洲早期的综合性医院，或多或少都有些宗教背景。比如圣卡瑟琳医院，投资方之一便是当地的教会组织。在美国，教会参与建设医院更为常见。我在麻省地区拜访的众多的废弃医院中，半数以上都有教会参与投资或者建筑设计，其最明显的标志，往往是连接在医院主楼上的一座或大或小的教堂。而当我把这张照片发在网上之后，一位网友评论道："病房内有比教堂更虔诚的信仰。"

2018年3月初，有两个新进入城探的玩家在纽约的朝圣者教堂（废弃），一把火点燃了一本放在神坛上的《圣经》，只是为了一张所谓的"富有艺术气息"的照片。且不说这把火是否会有引起真正火灾的可能，单是说烧了一件并不属于自己的东西，已属破坏。无关探险与否，这种程度的破坏在任何一个国家都可以属于盗窃或者故意纵火，而这两个人并不认为自己有何错误。在对方的视频下，令我印象最深的一条评论是：

"Somewhere along the way you seem to forget your urbex memo: don't leave anything but footprints, don't take anything but photos（在城探的过程中，你大概是忘了一位探险者应该遵守的规矩：除了脚印什么都不留下，除了照片什么都不带走）。"

三年的探险过程，我见过的破坏事件数不胜数：光绘（以光的绘画为创作手段的摄影作品）时不小心烧掉的学校（底特律），在火车墓地的涂鸦和打砸抢，纯粹为了好玩点着的蜜月度假村，纯粹为了好玩砸毁了一整座教堂（罗德岛），等等。类似事情的发生使得越来越多的人对废弃建筑的地点信息保护越来越严密——当然，这些人也包括我在内。

你永远无法知道，当你在网上把地址放出来时，是谁看到了这个建筑，是另一个尊重这些建筑物的探险者，还是盗贼、破坏狂、纵火犯？

◎ 废弃的罗马天主教堂

4

时间转回那日早些时候。

当我们最后一次扩大搜索那个仿佛只存在于幻想之中的通往地面的出口时，在深深浅浅的泥水之中，我们终于在一个角落里摸到了松动的木板，轻轻一推，隔壁，教堂真正的地下室，干燥的、用和外墙一样的青砖石铺成的地下室，终于显露出来。顺着真正的地下室爬到地上一层，从一块破掉的木板挤进去，教堂大厅赫然呈现在我们眼前——

这座著名的圣彼得保罗教堂名不虚传，虽然废弃多年，但却一点不减当年荣光。左侧六扇彩绘玻璃在阳光的映衬之下仍光辉夺目，右侧六扇玻璃却已被尽数封死。那个亮绿色的天顶和独特的双螺旋结构（twin spirals）房梁，在时光的冲刷之下逐渐褪色，其中一侧的墙皮掉落不少，露出天顶后面的金属网。

由于早年疏于管理，教堂废弃后常常有人造访，离地面较近的墙壁早已被涂鸦掩埋。甚至神坛正中也被画上了各式字符。

然而，神坛正对面那个直径比我身长还大的玫瑰窗，却奇迹般的完好无损。不知名的圣经故事被精巧地嵌在窗子内部，在光线并不强烈的教堂内部，仿佛一个巨

◎ 圣兄弟会殿堂罗马天主教内部

大的光轮，将外面世界的日光一丝丝滤进屋内，五彩斑斓地在灰蒙蒙之中闪烁着。

此时的我，非常希望自己是个教徒，能看懂窗子上画了什么，却也只能无可奈何地端起相机。

圣彼得保罗教堂于1992年关闭。与其一同关闭的，还有另外五所教堂。教区内仅存的教徒全部挪至距此3公里处的圣查尔斯教堂。教堂废弃之后，曾用以拍摄电影《怒犯天条》，虽然打着幽默讽刺的招牌，但电影由于颠覆性地解读宗教信仰，在发行时曾遭遇多方阻力。好在电影终究是上映了，也使得人们重新意识到这座教堂独一无二的魅力。时至今日，教堂时不时仍会被租用来做一些视频和MV的拍摄场地。这些虽然不多的租金，却足够雇佣一个看门人。虽说无法扭转废弃的命运，但至少内部常被打扫得干干净净，涂鸦数量也不再增长了。

相对于这座幸运的教堂，另外一些废弃的教堂，虽然早已被大众遗忘，却也通过另外一种方式被重新使用了起来。

那些入口明显的教堂，即使门口挂着“禁止入内”的标牌，却挡不住流浪汉的光顾。在一座教堂附着的教会学校顶层，我曾瞠目结舌地目睹了流浪汉一家的生活痕迹：不仅有两个行李，众多或干净或肮脏的衣物，更有没有喝完的牛奶、铺着毛毯的沙发和一些属于3-5岁幼童的鞋袜衣物玩具。但是放眼望去，却看不到女主人的生活痕迹。而挂在黑板下方的整洁的西裤似乎暗示了这个独自带着孩子的流浪汉，可能还有一份正经工作，或者仍在寻找工作，我禁不住猜测，在他带着幼儿寄宿于此之前，到底发生了什么？

而大多数废弃的教堂，早已不适合人类居住，里面暴露的石棉保温层，吸入是致命的；而那些年久失修，一不小心便会踩出一个洞的地面，也非常危险；更不用提由于多年封闭通风不良而导致的微微腐烂味道。我庆幸自己从没在这些封闭的、叫天天不灵的废弃教堂内遇上他们中的任何一个，更庆幸自己生于一个良好的家庭，在该受教育的年龄读了足够多的书使得我如今能够自食其力。但我也从不认为这些没有收入，需要寄居在废弃建筑物内的人就和我有多么不同——我只是幸运地穿到了一双合脚的鞋子，而如果我和他们一样领到了一双不合脚的鞋子呢？

对我们这些探险者来说，进入一个废弃的教堂只是为了拍照，但对于那些精力无处发泄的青少年和破坏狂而言，寻找一个废弃的建筑，是为了打破玻璃，喷上涂鸦，砸烂墙壁，甚至是一把火烧掉这个地方。我无法想象一个身无分文的流

1 2
3

1 流浪汉的西裤
2 流浪汉和幼儿的靴子
3 克利夫兰浸信会教堂遗落的圣经

浪汉晚上回来，发现自己借以躲避风雪的地方被砸得破破烂烂，或者发现自己的床上被人莫名其妙地涂上一行“When I grow up, I want to be a heretic（长大后我要做一名异教徒）”的涂鸦。

我们在这座教堂中消磨了一整个上午，待到阳光凶猛的正午12点才从入口撤退出去。

街上的行人已然多了起来，走几步便要停下拍照的游客也比比皆是。或许是今晚有比赛的缘故，许多人已经戴上了黑黄相间的帽子，仿佛是过节一般兴高采烈地冲着每一个擦肩而过的行人打着招呼。而那些戴着兜帽穿着略微肥大的衣物的流浪汉，也像模像样地走在阳光之下，和街边支持“海盗”棒球队的本地人你来我往地讨论着今晚的赛事。

在我经过的时候，也冲我喊着“How are you（你好吗）”，然后是“Goodbye”，一如每一个我在探险过程中遇到的、萍水相逢的朋友，相遇问安，一声道别后便消失不见。

众生平等。

蒸汽朋克的圣殿
——费城电力公司

• 随着人口的一再增长，传统的火力发电无论如何也无法跟上城市需求。当宾州进入核能发电时代以后，这座曾经的城市奇迹便正式退役。

1

沿着I-95州际公路一路北下，不分昼夜地开了10个小时、跨过东北城区（Northeast Philadelphia）、里士满港口（Port Richmond）、鱼镇（Fishtown）后，我终于踏上了费城，这个被誉为“美国历史原点”城市的地面。此时此刻，我的右手边，高楼大厦鳞次栉比；我的左手边，宾州和新泽西州的分界线德拉瓦河于正午的阳光下熠熠发光。

作为美国第五大城市、宾州首府，费城全名Philadelphia，取自希腊语，意为“兄弟之爱”。面向德拉瓦河畔，位于宾州东南的费城是世界上最大的河港城市之一，而悠远绵长的河岸线作为费城得天独厚的优势，不仅便于贸易往来工业运输，更方便军事远洋海轮直接出入，美国的海军基地之一便坐落于此。

无论是去翻找专业的历史著作，还是上网查看维基百科，费城都是研读美国历史时绕不开的一个重要节点。这里曾召开过两次北美大陆会议，并于1776年7月4日通过了著名的《美国独立宣言》。同日，乔治·华盛顿在费城宣布美国正式独立，并建都于此。11年后的1787年，美国第一部《联邦宪法》也是在这里诞生并签署通过。自此，第一面代表民主自由独立的星条旗在这座城市升起以后便再也没有落下。

美国的第一家银行、第一家证券交易所、第一家医院、甚至第一家动物园，都在费城诞生。18世纪时，这里曾是美国第二大城市，无论是政治地位还是社会地位都远远超过当时的纽约。

由于它在美国历史甚至世界历史上的深远影响，2015

◎ 俯瞰费城

年11月6日，费城被世界遗产城市联盟（OWHC：Organization of World Heritage Cities）投票选为“世界遗产城市”。这座美国的发源地与开罗、巴黎、耶路撒冷等城市齐名，成为全球第267个世遗城市，也是美国首个世界遗产城市。

如今，费城像个历经风雨洗刷却仍然刚毅苍健的中年人，仍是美国不可或缺的一个重要城市。据2010年人口普查统计，费城人口共有152万人，在全美排名第五，仅次于纽约、洛杉矶、芝加哥和休斯敦。而那些曾经见证了它的光辉过去的历史遗迹，如美国国家独立宫、自由钟、费城铸币局等，仍然完好地保存在城市之中，免费向公众开放，供对美国历史感兴趣的游客前来参观。

2

如果你的落脚地如我一样，是费城的Downtown（市中心）区域，那么你无法错过的除了象征美国精神的自由钟，还有费城的市政厅。而从市政厅延伸出去的富兰克林大道则是笔直宽阔，绿树成荫，在它的四周分布着费城艺术博物馆、富兰克林纪念馆、格林菲斯天文馆和众多可登顶一览费城全貌的摩天大厦。

而沿着市中心向北走出不远，周遭便如同变了个样子：街道仍然宽敞，而街边的店铺不是始终大门紧闭，便是破烂肮脏，一副老旧的模样。在我经过的时候，一个看不出年纪的非裔兄弟当街大声宣扬着什么，手舞足蹈神色激动，旁边不远处站着几个警察，却说说笑笑毫不理会。而无论是加油站还是便利店，甚至是肯德基，都在柜台上加装了防弹玻璃将顾客和店主隔开。

不仅仅是费城北边，沿宾夕法尼亚大学向西走，也是如此光景。高耸的烟囱不再有工业活动，巨大的厂房空空如也，一个个废弃的工厂似乎在炫耀着它们曾经的辉煌，如今却早已被层层叠叠的涂鸦掩盖住外墙原本的颜色。这里曾是德国移民的居住地，但随着20世纪40年代起大批非裔美国人从南方涌入，白人逐渐迁出，如今此处俨然已经成为一个非洲城，连排的别墅虽然仍旧风格别致，却掩不住年久失修的破败模样。如果你熟悉美国的种族问题发展史，就会知道1970年附近的费城也一度是种族矛盾激发地之一。除了频频发生的暴力事件，还有非裔居民失业率的上涨和聚众酗酒闹事等众多问题。而街角便利店门口各色广告之上最醒目的便是一则告示："蒙面及戴面具者禁止入内。"

1 | 2
  | 3

1 防弹玻璃隔开顾客的肯德基

2 防弹玻璃隔开顾客的小卖部

3 敲响美国自由的 Liberty Bell
（自由之钟）

3

不同于底特律或水牛城这种紧邻五大湖的城市，费城作为一个港口城市，经历了从繁荣到萧条的发展曲线，经济从来没有大规模退步，虽然人口流动性不低，但也没经历过非裔人口突然大批搬入市区白人整体外移的情况。所以大部分建筑的废弃原因不同于底特律的“公司破产”及“人口迁徙”，而是因为建筑本身的退化，或者城市规划的逐年变迁。

废弃建筑物的种类非常能反映某座城市曾经的支柱企业，从另一个侧面也反映出这座城市是否曾经历过经济转型。比如纽约，废弃的剧院数不胜数，而如今全球最棒的剧院仍要数纽约百老汇；再比如波士顿周围遍布废弃的医院，而波士顿的医院产业仍然傲视全球，其中包括全球顶尖的麻省总医院；而费城，这个紧邻德拉瓦河的港口城市，依靠水力的工业产业始终是城市发展过程中的侧重点之一，所以整个城市从南到北沿河分布着各式废弃电厂也就不足为怪了，其中包括著名的里士满电厂（Richmond Power Station）、切斯特电厂、萨瑟克电厂、德拉瓦电厂和状似圣殿一般的费城电力公司（PECO）。

作为世界遗产城市之一的费城，在改造废墟方面也是不遗余力。其官方网站中公布的四大项目之中，包括了“重新开发、重新利用、保存并保护城市遗迹及废弃建筑物”。而在另一个“费城改造”的网站上，更是详细列出了15处关于改建或重新利用的废弃建筑物的具体计划书。

2018年4月初的一天，我和Chris在日头正盛时于众目睽睽之下钻入了费城电力公司的第一道栅栏。我们之所以如此鲁莽，乃是因为我那惊人的自信……

头一晚在我们计划第二天行程的时候，我大手一挥，说：“来了费城你就跟着我混吧，吃香的喝辣的绝对没问题，什么都不用操心。”不仅是因为我对费城废墟的熟悉程度超过了所有其他北美城市的总和，更是由于我的大部分由于探险而结识的朋友都来自于这个区域，一听说我要来，纷纷和我定下了见面的时间，我的这趟探险之旅几乎被朋友们瓜分得精确到了分钟。

而费城电力公司，由于废弃时间太久，没有一个人愿意同行。用我朋友Robin的话说，这是一个“大家探险完去放松吹吹河风聊聊天”的地方。当天早些时候，他和我们一起去完一个废弃学校，试图劝说我放弃费城电力公司，和他一起去另外一个非常刺激的教堂。我当然是拒绝了，因为费城电力公司在费城发展史上的重要性，以及它的建筑风格的特殊性，吸引我的程度都远远超过多翻一道栅栏、多钻一个地道、多闯一个禁区。

1 | 2

1 费城电力公司

2 落日余晖下的电力公司

1 | 2　　　　1 2 费城电力公司

宾州大学建筑系的亚伦·文施（Aaron Wunsch）教授曾这样描述费城电力公司的设计风格宛如“DC漫画中的大都会（Metropolis）与古希腊的结合体”：“巨大的地标性建筑和工业设计结合起来，费城电力公司那些老化的中央电站看上去就像由华丽的砖石砌成的殿堂，而隐藏在高耸的拱门和已随时间风化的早期工业沙砾背后的，是如何通过工业设计来影响公众对建筑的看法。”

在我的眼中，这个看上去介于古希腊和古罗马风格之间的建筑，和百年前设计的巨大的钢筋铁骨交相呼应、参差不齐，乍眼看上去的怪异程度，简直可以和虚构世界中蒸汽朋克的圣殿相媲美。

如果你沿着德拉瓦大道向费城公约公园（Penn Treaty Park）散步，你绝不可能错过那个坐落在河边状似怪兽一般的水泥建筑物。虽然不止一篇评论曾赞美过它的仿希腊风格，但更能吸引大众注意力的，或许是在它周围，植物群落已然开始生根发芽，开始实施对这个废弃超过半个世纪的发电站的侵吞计划。

我们抵达的时候，旁边的市民公园似乎正在热烈庆祝2018年的第一个高温天气，男女老少身着轻薄而色彩明快的春装，或开着车载着全家人，或三三两两骑着自行车，前仆后继地涌向烈日下河水旁。而卖冷饮和冰激凌的移动面包车也在街边停着，撑开了阳伞招徕生意。我们两个从头到脚被黑色衣物包裹住的人此时此刻看起来如此不合时宜，更不用提我为了御寒，手里还拎着一件夹克。

此时Chris已经热得发昏，不顾我的劝阻强行买了一根冰棒，一边吃一边问我："什么探险？什么电力公司？不想去，就想吃冰激凌。"

而一旦越过第二道栅栏，便如踏进一个结界一般，空气的温度迅速降低，就连挂在半空中的太阳也束手无策。无论是何类别，是何地点，废墟中的低温、寂静似乎是个相通的共性，建筑物内外相差十几度一点也不罕见，而那种如许多个世纪无人光顾、寂静到令人耳鸣的无声，更是提醒着每一个闯入者：这里是一个人类不该踏足的异空间。

入口在临河处。仓库门大敞着，像怪兽的大嘴在鲸吞着河风。我们不费吹灰之力便进到了电厂内部——容易得像踏入一个陷阱。

我们刚放下相机和三脚架，正轻声讨论着第二日的行程，突然一个男人的声音炸响在身后："嘿，哥们儿，你们知道出口在哪吗？"

我回头，一个白T恤牛仔裤左臂有文身的男人正从5米开外向我们走来。而在此之前，我们顺着这个空空荡荡一眼就能看到尽头的大厅巡查的时候，分明一个人影都没看见。可能对方看出了我们的犹豫，拿起来手里的相机晃了晃，补充道："我跟朋友走散了，想出去，找不到出口。"

找不到出口，从入口出去不就好了吗？跟朋友走散了，为什么不打个电话呢？虽然觉得蹊跷，但我们还是给他指明了我们进来的途径，他向我们挥挥手，迅速离开了。然而我在窗口盯着那个栅栏的破洞等了许久，也没看到他出去的身影。

"别等了，"Chris劝我，"是挺奇怪的，不过他可能就是吸了大麻吧，有点晕。"

转回头看，费城电力公司分为三个部分：临河的货埠，在它旁边的运煤口和主建筑。主建筑非常庞大，除了上下两层的正厅之外，两侧还有众多的办公室和不知是何用途的房间。正厅和屋顶之间相距20米，屋顶上六扇窗户除了美学设计外，还有全自然采光的功用。正厅内离地面较近处已覆盖上各种涂鸦，较低的一层则充满了积水和不知从哪里来的淤泥。

一战之后，费城对于能源的需求量猛增，于是费城电力公司在德拉瓦河附近，市政厅东北两英里处决定建立一座新电站，不仅满足城市人口用电，更打算满足了周边地区如鱼镇（Fishtown）、肯辛顿（Kensington）和里士满港（Richmond Port）不断增长的工业需求。

在尼古拉斯（Nicholas B. Wainwright）的《费城电力公司，1881—1961》一书中这么写道："为提供未来两年所需的电力，此电站的建设必须立即启动，以便在1918年11月之前完成。董事们在原有授权的650万美元之上，又批准了额外的1800万美金。" 然而，当新电站在1920年底上线时，费城政府经过计算，却发现自己仍然缺电，于是在1923年又订购了两台30000千瓦的发电机。

然而，随着人口的一再增长，传统的火力发电无论如何也无法跟上城市需求。当宾州进入核能发电时代以后，这座曾经的城市奇迹便正式退役。

退役之后，关于电站的改造或拆除提案曾反复出现，2015年初餐饮大户乔·沃普（Joe Volpe）曾计划将电站买下改造成酒店。据《费城问询者报》（*The Philadelphia Inquirer*）报道，那个挑空极

◎ 费城电力公司大厅

高的正厅将在保留原有设计的基础上改作宴会厅。

然而这个提案如今早已不了了之。费城世界遗产委员会计划将此地注册成为国家历史景点之一，虽然目前资历审查尚未开始，但这似乎是PECO电站最有可能也最有希望的未来命运。

◎ 费城电力公司大厅

4

在你长大成人的过程中，你的父母总会给过你许多忠告，比如小时候的“不要跟陌生人说话”“别吃不认识的人给你的糖”，稍微长大一些则变成了“上课专心听讲”“不许早恋”，接着就是“跟同事搞好关系”“早点带个女朋友回家”，如果你告诉他们你要出去旅游，也绝对少不了“注意安全”“别被人骗钱”之类泛泛的关心之语。

我爸妈直到不久前才知道我每次出门都是要进行冒险活动，打那以后，每次打电话都要骂上我两句，然后教育我：千万注意安全，不要跟当地人发生冲突，言下之意，是不要和当地那些“看上去不那么安全”的人发生冲突。

所以一看到有人出现在门外，我脑海中迅速浮现出我妈那张“我早告诉你什么来着”的脸，慌不择路地跟着Chris躲进了一个看起来较为隐蔽的办公室。随着人脚踩在铁皮楼梯上上下下的声音，我似乎听见了有人近在咫尺的呼吸声音，我半蹲在门后连气都不敢喘，Chris更是抱着三脚架仿佛站成了一个雕塑。直到声音逐渐远去消失，我们俩才互相对视一眼，约定再等半小时再做打算。

虽然这并不是我第一次在废弃建筑中躲避未名身份的“来客”，但绝对是最难忘的一次。一则是因为我们根本是站在一堆烂泥里，另一则是因为这里的温度太低，之前在运动中没觉得，但这一个小时的静止不动早已让我冻得发抖。而更加恐怖的是，我们在躲藏过程中始终能听到楼下有电机电钻等大型施工器械声音，不禁让人怀疑是不是工人在封闭那个我们进来的入口。

回去后在和一干朋友讨论时，大家一致认为是之前那个向我们问路的人暴露了我们的存在，除了他出去的时候可能被看到了，还有假如被问及是否还有人同行的时候，他没有理由不说出里面还有另外两个人。

“你们当时应该跟着他一起出去。”Robin教育我，“遇上人的时候明显已经不安全了。”

而在半个月后另外两个朋友拜访此处时，发现所有出入口已被封死，一楼窗户加装了栅栏和木板。闻言我不禁庆幸最后一个出口堵上的时候自己并没有身在其中。

当我们终于等到了人都离去的时候，太阳早已不知所踪。德拉瓦河冰冷而横扫一切的河风从所有的破窗户和缝隙中倒灌进来，这座给我们短暂提供了藏身之处的庇护所，随着太阳的低沉，逐渐变得冰冷而可怖。黑暗在每一个角落蠢蠢欲动，像是随时要扑出来的小兽。

我们顺着原路返回，前来接应我们的Andy早已等在了停车场。我也终于安然地坐在了自己的车里，听着两个男人互相交换着对费城电力公司的看法。经历了一下午的寒冷和紧张，此时骤然的放松似乎提醒着我生命中短暂的安宁的美好之处。

入夜，我们将要入侵另一座废弃的建筑物，登顶并拍摄日出；而明天，明天我们将要北上，再一次拜访纽约，和Paulo一起去探寻四座废弃的百年剧院。

旅途，尚未结束。

一座燃烧了五十年的“鬼镇”

——三进寂静岭

- 在美国宾夕法尼亚州的中部，有一座早已被政府从公共系统中抹去存在的小镇：森特勒利亚（Centralia），如今的它只剩一个影子，在虚幻和现实的边缘若隐若现。1962年，一起人为造成的火灾引燃了小镇地下的无烟煤矿脉，而这场火一经点燃便再也无法扑灭，炙烤着整座镇子五十多年。研究人员预计，这场地下大火还要继续烧上250年。
- 而这个在虚拟世界中声名大噪的小镇，和这场熊熊燃烧了半个多世纪的“永恒的地狱之火”，像是早已脱离了时间和空间，永久地定格在了灰烬漫天如茫茫大雾般落下的那一日。
- 欢迎来到寂静岭。（Welcome to Silent Hill.）

1

在美国东北部的阿拉巴契亚山脉地下，隐藏着世界上产量最大的煤炭矿田。矿田面积约18万平方公里，四向延伸一千多公里，分布在包括宾夕法尼亚州在内的9个州。阿巴拉契亚煤田以盛产优质炼焦煤闻名于世，年产量长期达到4亿余吨。而位于宾夕法尼亚中部的森特勒利亚小镇，正是许多因挖煤大潮而兴盛起来的诸多煤炭小镇之一。

自1749年美国原住民将这片土地以500英镑卖出，便陆陆续续有人来镇上定居。而1770年修建的从里丁（Reading, PA）到森伯里（Sunbury, PA）的里丁路，随着经济的发展于1963年被命名为宾州61号公路，从东到南连通着整个宾夕法尼亚。虽然早在1798年此处的无烟煤矿已被发现，但直到1854年煤矿铁路（Mine Run Railroad）修建之前，这个尚无名字的小镇地下丰富的煤矿始终处于被忽视而无人开发的状态。随着铁路的修建和煤矿的发展，小镇在1865年被定名为森特勒利亚。镇上的五大矿山于1856年陆续开启，从此带领小镇逐渐走向自己的繁荣时代。

据联邦人口普查数据记录，1890年森特勒利亚镇人口曾一度达到峰值：2761人。在高峰期，镇上曾建有7座教堂、5座宾馆及2座剧院，而由于主要服务对象是煤矿工人，镇上的沙龙式酒吧曾有27家之多。而此镇出产的无烟煤产量，在一战开始之前，一直是宾州无烟煤产量之最。

好景不长，由于1929年的经济滑坡和股市崩盘，理海谷公司（Lehigh Valley Corp）关闭了森特勒利亚矿区的5座矿井。虽然许多矿工仍在剩余的几个闲置矿井中采煤，但由于技术原因导致的众多闲置矿井的坍塌无疑是雪上加霜。为避免情况进一步恶化，政府开始干涉管理，关闭了许多闲置矿井，致使更多的煤矿公司的关门大吉。

到1960年火灾发生之前，虽然露天矿采煤并未停止，但森特勒利亚已不复当年繁华，美国人口统计显示此时小镇的常住人口已不足2000人。这个数量在火灾后进一步下降，到1980年，镇上居民仅余1012人。

1 | 2
  | 3

1 燃烧热度令路面开裂

2 地标

3 涂鸦之路

灾难降临的那一天，谁也没有预料到。

1962年，一些工人在矿场附近的垃圾填埋场一如往日般焚烧生活垃圾时，那朵似乎得到了来自地狱的指示的小火苗，却没有一如既往地停留在垃圾填埋场，而是引燃了附近的露天矿，继而通过该矿井的一处废弃入口向下发展，最终蔓延至地下矿脉。

这片巨大的无烟煤矿脉，正巧埋在森特勒利亚的正下方，并和附近另外几大矿脉相连，一经点燃，便无法停止，点燃了绵延几十公里的蜂窝状煤层，是记录在案的世界上最著名的煤层火灾。更糟糕的是，煤层火灾不像森林火灾那样猛烈而迅速，煤炭的燃烧缓慢且持久，这意味着煤层完全燃尽的时间往往很长，而对于一个如森特勒利亚这样矿藏丰富、矿井众多的煤层而言，燃烧的时间或许要高达几个世纪。

而这场经久不息的火灾，无论是在虚构的小说电影中，还是真实的纪录片和小镇居民口中，都被称为“永恒的地狱之火”。

很快，煤炭大量燃烧而产生的二氧化硫和一氧化碳便开始危及当地居民的健康。而更加危险的，却是由于地下火而导致地面皲裂、产生了大量隐蔽的洞口。一位曾经历过大灾变事件的当地居民杰克，如此描述那个人人自危的年代：“最可怕的就是这些‘天坑’。你去林子里的时候要格外当心脚下，因为地面随时可能塌陷。虽然大火可能早已把地下烧穿了，但是地面却看起来和平时没什么两样。出门的时候还是好好的，回来的时候脚踝可能就骨折了。”

而骨折的脚踝比起另一些事件来只算得上小巫见大巫。1981年，一个12岁的男孩托德，在经过邻居家后院的时候，他所站立的地面突然塌陷形成一个新的坑洞，把他吸进了地下。而这个坑洞足足有25米之深，呈圆锥形状。当人们把托德拉出来的时候，一股浓密的烟雾跟着冒了出来，再往下看，只能看见洞底尽头熊熊燃烧的火焰。

幸存者托德根据自己的经历写了一本畅销书，而居住在森特勒利亚的其他居民，尤其是原本生活在林子里的动物们，就没有那么幸运了。每隔一段时间，人们就会在林子里或者路边看到一只鹿角戳出地面，或者一只陷在地面已经僵死的小动物。它们有的是掉入坑洞中爬不上来，吸入过多一氧化碳窒息而死，有的是因为无法脱身而饿死，而那些从它们口鼻中滚滚而出的烟雾，却让它们看上去像是活活烧死一般。

“这个地球在吞食人类和动物。”回忆起当年的惨剧，杰克如此总结着。

森特勒利亚的居民们并不是没有尝试过扑灭大火。在大灾变发生之后几年，宾夕法尼亚州立政府曾尝试过众多灭火方法，比如以水灭火，但由于火势太过凶猛，并不见效；以混凝土或湿沙堵住地面裂缝以断绝氧气来源，却因为更多的裂缝源源不断产生而失败。

1979年，一个研究森特勒利亚的调查小组在莅临小镇时发现，尽管距离灾难降临的那一日已经过去了将近20年，小镇多处地表温度仍居高不下，有些地方甚至高达82度。而他们预计，这场大火将继续燃烧几个世纪，直至耗尽该处的矿藏。最终，政府和居民们彻底放弃了扑灭大火的尝试。

美国联邦政府于1982年投资了4200万美元用以迁居并安置镇上剩余的一千多名居民。至此，森特勒利亚小镇正式宣告废弃。

◎ 层层胶皮之上又长出的植物：“生命永远会找到出路”

3

小镇废弃之后，虽然政府拨款并承诺对居民的妥善安置，却仍有少数人选择留在镇上。这些留守人员在政府眼中，是顽固的不配合分子。在其后的20年间，政府陆陆续续地关闭了连接小镇高速公路的主要出入口，而当年修建的宾州61号公路森特勒利亚小镇段，也早已废弃，如果你仔细观看地图，就会发现此段高速已经用虚线代替，并在旁边注明：已毁。

除了封锁公路出入口，政府甚至将森特勒利亚这个名字从众多路牌、临近小镇和州政府指示牌上抹去。而郡纪录办公处上关于小镇的各项数据被慢慢移除，一些最基本的公众服务也不再延伸到这个剩余不到10名居民的“鬼镇”。

美国邮政部门甚至取消了森特勒利亚的邮政编码。“我们都收不到邮件，因为没有邮政编码，什么都寄不过来。我们不得不去邻镇上租一个邮箱，时不时开车过去取本该送到家门口的信件和包裹。”回忆至此，杰克对政府的这一做法感到非常气愤，“政府想把森特勒利亚彻底抹掉。”

经过20多年的抗争，当地剩余的10名居民终于在2013年取得了合法居留权。盖伊总结道：“这是我的家，谁也不能把它夺走。”

然而让这些居民没想到的是，一部由游戏改编的电影《寂静岭》却使得森特勒利亚声名大噪。在故事中，那座永恒燃烧的小镇有着一股神秘的力量，可以将造访者从现实拖入一个虚幻的“里世界”之中。而故事的作者罗杰·艾弗里在接受媒体采访时，坦言是受到森特勒利亚的启发而创造的寂静岭之镇。

许多热爱《寂静岭》的粉丝从世界各地纷纷涌来，想一睹这个传说中的诡异小镇的真实面目。然而，因为政府不同意给森特勒利亚颁发任何商业许可，所以虽然游客数量日益增长，受益的却是邻近小镇。当地居民从一开始感到新奇，慢慢对这些好奇心过于旺盛的游客感到厌烦。“他们会随随便便地踩到你新修好的草坪上，甚至会试图拽开你的房门，”杰克解释道，“因为他们觉得这里所有的房子都废弃了。他们压根没想到还有人生活在这里。”

盖伊却有更多的抱怨：“他们会偷偷从我的房子上掰下一块木头片——他们想要一个来自于地狱之火上的纪念品呢。”

生活在森特勒利亚就等于同当代生活便利设施道了别，包括执法机构。“我们再也没有警察了，”盖伊解释说，“当然啦，他们时不时还会来转一圈，但这种游客类的小事，警察们是不屑于管的。”

1 | 2 3

1 地标仅存的小教堂

2 新的 61 号公路

3 植被涂鸦覆盖的原 61 号公路

1 | 2　　1 仍在户外的小沙发
2 涂鸦之路

而更糟糕的却是所谓的“涂鸦艺术家”。“他们在哪都要涂涂涂，喷喷喷，”杰克说，“以前还有好莱坞来这个地方想拍电影，但看过这些涂鸦后就决定放弃了。”

我于2016年圣诞节第一次拜访这个小镇，随后在2017到2018年间曾三次重返此处，对于我来说，并非是为了那个“美名远扬”的寂静岭。而是因为，这个小镇似乎是地球上为数不多的现实世界和虚拟世界的临界点之一。

然而，盛名之下其实难副。也或许是我来得太晚，那段在地图上被销毁的宾州61号公路，如今已经被涂鸦层层覆盖，几乎看不出原先的柏油路面。而前仆后继的游客，对比起了解镇子的历史，似乎对在这条路上留下“到此一游”更感兴趣一些。不无讽刺的，这段废弃的高速公路，也由此得到一个新名字：涂鸦之路（Graffiti Highway）。

传说中熊熊燃烧的地狱之火，似乎也早已钻入地球深处。无论是冬天夏天秋天，我都未曾见到或拍摄到烟雾弥漫的地坑。

而当地居民，对我们这些走走停停的游客见怪不怪，自顾自地在自家门前晒床单，聊天，或者修理草坪。

因煤炭而兴，因煤炭而衰，森特勒利亚如今已剩不到5户人家，在不久远的未来，当这些仅存的居民去世之后，森特勒利亚将彻底从政府纪录上消失，成为一个名副其实的鬼镇。

或许到那个时候，这里才会成为真正的寂静岭。

美国密歇根州

废墟美国 | Wandering through Abandoned Buildings in North America

走进底特律
——废墟离繁华只有八英里

• 底特律永远是底特律，没有探访过底特律，你永远无法称自己是个城市探险者。

◎我在底特律李宾馆大堂（自拍）

1

同大多数人一样，当我第一次踏上底特律时，对其一无所知。此前关于它的全部概念，除了道听途说，就是来自维基百科。

作为密歇根州最大的城市，底特律得名于连接圣克莱尔湖和伊利湖的底特律河，来自法语Rivière du Détroit，意为海峡之河。

早在20世纪初，由于汽车工业的兴起，底特律一跃成为世界汽车工业之都，整个城市的经济迅速发展，吸引了大量移民。到了19世纪初，底特律跃居成为全美第四大城市。1940年，全球第一条高速公路在底特律建成，直至今日，双向十车道的高速公路在美国也并不多见。然而同时，由于人口激增和种族问题，城市税收于20世纪60年代起不断下降，业主和零售商的迁出导致大量的城市建筑被废弃。

到了2013年底特律宣布破产前夕，市中心几乎不再有大型企业。市内大部分废弃的房屋被黑人低价购入，白人迁居郊区。流浪汉和罪犯占据了大多数废弃的房屋，住宅区垃圾遍地，污水横流，治安极差。东底特律的大部分商店、加油站，甚至麦当劳，都在柜台前加装防弹玻璃隔开店员和顾客。

终于，在各种原因的综合刺激之下，2013年7月18日，底特律政府宣布破产，并于同年12月3日获得法院批准，成为美国历史上第一座申请破产的最大城市。

这样一个令人闻之色变的失落之都，却是城市探险者趋之若鹜的天堂。

这个城市，由于一度的辉煌，曾兴建了大量或精美巧妙，或巍峨雄伟的建筑；由于而今的衰败，这些建筑大多已被被废弃，原封不动地封闭起来，最大限度地保留了遗弃当时的模样：比如伍德沃德圣长老教堂，比如庞蒂亚克银顶体育场，比如密歇根中央车站，比如罗斯维尔特仓库。在这样一个警察睁一只眼闭一只眼的三不管地带，却集结了种类众多、建筑风格迥异的废弃建筑。所以，无论是从安全性上说，还是从废墟的多样性和探险的娱乐性而言，底特律的地位，都犹如耶路撒冷之于基督徒，是各国城市探险者顶礼膜拜的朝圣地。

2017年6月底，我终于来朝觐了。

从废墟的角落来说，2017年的底特律早已“不如”5年前破产前夕：大部分建筑物早已被封存保留起来，不仅大量使用在电影拍摄方面，更显示出了底特律市政府坚决打击在这些建筑内常年存在的盗窃建筑材料、毒品交易等违法行为。

出发之前，我将自己手中的底特律地点汇总并更新，整理出了25个尚未被拆除的建筑，当时看着手里的地址，我还和Chris开玩笑：“4天根本看不完呀，我感觉还要再多去几趟才行。”

然而第一天我们就走马观花地完成了15个地点：监控录像、保安巡逻、铁丝网比我们入住的宾馆停车场里安装得更加密集，实在是进不去。其中有两座废弃建筑甚至在所有的门窗上都装了防割玻璃，不仅能防止人擅自闯入，更能防止打砸抢的发生。如果不是太过失望，我简直想为底特律政府拍手叫好。

虽然出发前，我的另一个朋友Robin就在网上提醒我，不要对底特律抱有太大期望，底特律已经不是当年的底特律了。然而我仍旧是一意孤行地来了，或许底特律早已不再是废墟沿街到处都是的“8英里之城”，但它在每个城市探险者心中的地位都不曾变过，甚至在未来十几年内都不会改变。

1 | 2

1 8英里之路
2 8英里之路上关闭的商店

2

穿行在底特律市区，像踏入了一条时空错乱的隧道。

2010年美国人口统计显示，底特律常住人口约有71.3万人，位列全美第十八大城市。但是这个数目却不足20世纪50年代人口高峰期的一半——底特律乃是美国过去50年中城市人口削减最多的城市之一。

而这71万人口之中，白人仅占10%，黑人则约占82%。这59万黑人大部分聚集在市中心附近，而数量不足8万的白人却稀疏地分散在底特律市郊及更远之处。一幅来自维基百科的人口分布图可以直观地看出底特律人口以“8英里”之路为分界线。以饶舌歌手埃米纳姆自身传记拍成的电影《8英里》，正是以这条路为题，白描了这条著名的人口分界线以内的贫民区。

1928年，8英里之路仅仅是一条窄而小的土路，而随着底特律的发展扩大，这条路也日新月异地在改变着。如今，若你前去拜访，它已被拓宽成双向八车道的一条公路，横跨底特律三十多公里，从底特律河附近的伍德沃德和密歇根大道交汇处为起点，直到湖岸附近处为止。相对于一条物理分界线，今日的8英里之路更像是一条心理和文化的界线。作为底特律市的北部边界，8英里之路将城市的非洲裔美国黑人与所谓的“白色的上流社会郊区”分隔开来。

当然，随着时间的推移和教育的普及化，一些非洲裔美国黑人早已搬至8英里之路以北的社区，但8英里之路以南的居民与北方居民之间的隔阂却并没有消失。时至今日，无论是从物理上还是心理上来说，8英里之路都仍然是底特律上下城区收入相差过大的居民之间一条鲜明的界线。

而恰恰正如你在电影《8英里》中所看到的那样，底特律的高档住宅区和贫民窟往往相差只有一条街。一边是七十多层灯火通明的高楼大厦，一边是暗黑诡秘悄无人烟的大教堂；一边是人声鼎沸一掷千金的美高梅大赌场，一边是人去楼空衰败腐朽的李广场宾馆；一边是开着豪车带着保姆来参加自己孩子球赛的生活安逸的中产阶级，一边是满头大汗、衣着不合身在废弃民宅前踢足球、捉迷藏、追逐打闹的小姑娘们，而她们十几岁的哥哥，就在10米开外聚众抽大烟，满口污言秽语，身上总有文身。而这短短的8英里，却是一条有些人一生也无法逾越的地狱到天堂的鸿沟。

令人觉得讽刺的并非贫富差距，而是精神与阶级差距——来自上流社会的孩子们早在出生时便内定了私立学校，常春藤大学毕业后或进家族企业或去全球五百强；而来自下城区的孩子们，公立学校读得完算你的造化，高中结束后，如果你在当地工厂找到了一份稳定的体力活，恭喜你，你已经是同龄人中的佼佼者了。

正如位于市中心的密歇根中央车站（1913—1988），虽然除了废墟探险者和盗贼早已无人问津，但是火车站的主楼前仍竖立着一面鲜艳的、迎风飘扬的美国国旗。独立、公平、奋斗、自由、进取，是美国国旗代表的国家精神，而在这种积极向上的精神背后，却是一座由于各种人为原因而被废弃长达数十年的大楼。

始建于1913年，废弃于1988年，密歇根中央车站的日吞吐量曾一度高达200车次。车站废弃的原因多种多样，一则是底特律汽车工业的日渐兴盛，一则是整座城市的逐渐衰落，一则是能源危机和经济滑坡。无论是何原因，1988年1月5日上午11点半，最后一列火车载着这个城市的旧时繁荣驶向芝加哥。自此，密歇根中央车站正式废弃。其后虽然数次现身于电影中，2016年上映的《蝙蝠侠大战超人》中的打斗场景即是在此取景——但车站的命运却无甚转机。每隔数年，车站重新翻修的消息总会见诸报端，但从来未曾实现。

自1988年废弃以后，密歇根中央车站几经易手。每任业主为了使车站能重新启用，无不费尽心力。2008年业主曾提议修复并建议启动基金为8000万美金，资金即将到位时，修复工作却再次停止，据新闻报道，其原因乃是业主认为修复后也无法为车站找到新的用途。而民间传闻则是自

◎ 密歇根中央火车站

大楼废弃后，大楼附近连接美加的“大使桥”业主为了保证自己的收入，不间断地阻止车站修复工程。2009年底特律市政府决定将车站拆除，而拆除工作刚刚启动便停了工，甚至一度因为停工被告上法庭。幸亏此次拆除工作的停工，2015年大楼新业主重新启动车站的修复工程，耗资700万美金给大楼安装了新的窗户，修复了老化电路。虽然目前车站距离重新开放之日仍然遥遥无期，但从外表来看，已然一洗过去20年来憔悴面容，恢复了旧日庄严肃穆的形象。

由于安保严格，中央车站并不像其他废弃建筑物般破坏严重。除了早年被偷走的部分金属，大部分门窗与装饰仍维持着原貌。没有断壁残垣，没有腐朽的木地板，更没有年久失修的线路和管道，唯一略带“危险”色彩的是大楼的电梯井：18层高没有门挡的电梯井，如一个笔直而狭窄的深渊，一眼望不到尽头。像个微型黑洞，要把所有旁观者都吸入囊中。

“凝视深渊过久，深渊回以凝视。”尼采的这句话用在这里再合适不过。

3

时间转回当天早些时候——

我和Chris在高街公园居民区刚停好车，几个蹬着脚踏车四处闲逛的黑人青少年就立刻吹起了口哨：或许是这个地区本就鲜少见到白人面孔，亚洲人更是稀有，而白人和亚洲人的组合，估计是少上加少。而这串起哄般的口哨立刻引来了一个年纪稍长的“话事人”，这位面色阴沉的大哥堵在我和Chris的面前：“Hey, what you doing out here（你们来这儿干吗）？”

看着这位人高马大如一面移动的墙壁一样壮硕、面孔却稚气未脱、分明只有二十几岁的“大哥”，我一时不知道说什么好。比起他身后那群仰望着他像仰望一个榜样人物的青少年们，他或许只比他们大了一两岁，身上的文身却多了一倍：手臂、大腿、甚至后脑勺的一半都画满了花花绿绿的图案。左眉角一条细小的伤口，浓重的把“a”发成“ai”的当地口音，还有裸露出的臂膀上线条分明的肌肉，不由得我不往黑帮电影上联想。

而当我们说明来意之后，他绷紧的面部肌肉瞬间放松许多，嘴角甚至要挤出一个笑容：“School? School's out for summer. School's out forever!（学校？学校放暑假了，学校再也不开学了）”

库利天主教高中，始建于1928年，2012年末由于生源不足正式关闭。

走在这个上下4层、3个侧翼的建筑内，我好像走在自己的高中：一样的庞大，一样的精美。然而这里却少了欢笑，少了追逐打闹的学生，也少了新鲜的空气，只有无尽的、浓稠的、像有实体一样的黑暗，把每一个来访者都销蚀于其中。

而我和同伴手中的强力手电筒，也只能照亮脚下小小的一片空地。地面上散乱地扔着受潮的纸张，脱落的墙皮和石棉保温层，被破坏狂砸烂的玻璃，还有从天花板垂下来的钢筋，学校兴盛时期篮球队的云雀队标志纸，图书馆没搬完的课本、杂志和《圣经》。我顺手捡到了一张学生借书卡：Shinitwaque Williams（威廉姆斯），有效期：12/01/2007。

学校的室内体育厅非常壮观，即使在废弃5年后，红色的钢铁吊顶和光滑的木地板也不曾褪色。如此重视体育资源，无怪乎库利高中的校队曾有辉煌战绩：篮球队均曾在密歇根州高中联赛上蝉联桂冠数年。到现在，体育馆内二楼的吊篮上还刻着篮球队2007—2010年蝉联桂冠的佳绩。

由于好奇心作祟，我坚决要推开每一扇没有上锁的门。而从外表看上去只是另一个光线幽暗的房间，推开门却像跌进了爱丽丝的兔子洞一般，竟然是一个金碧辉煌、上下两层的大剧院：金色的幕布，完全没有损坏的红丝绒座椅，倾斜

1 | 2 3 4 5 6

1 学校外观

2 学校藏书室

3 学校体育场凹凸不平的地板

4 学校图书馆

5 学校礼堂

6 教室

◎ 学校体育馆

并且雕花鎏金的天顶，二楼的围栏上还用金粉描着五只学校的吉祥物云雀。而让人完全想不到的是，如此一个高大炫目，充斥着浮雕和花纹的剧院，却仅仅是这座天主教高中的礼堂。时至今日，虽然早已随着学校的废弃，被掩藏在了厚重的尘土之下，但在20世纪初，学校刚刚建校时，为了这座礼堂，斥资之重，可以想见。

舞台之上的天顶由于常年日晒雨淋，已腐朽不堪，室外的自然光从千疮百孔的天花板上一丝丝漏了下来，把整座舞台照亮得犹如开着聚光灯一般。而从光线充足的台上望向台下，一片漆黑，宛若站在真正的舞台上，聚光灯打在头顶，除了自己，什么都看不到，只有隐约的笑声和鼓掌声暗示着台下也许仍坐着观众，而自己的表演，尚且不算太坏。

“School's out; Out for summer; Out till fall; We might not go back at all.”（学校放假了，学校放暑假了，一直放到秋天，我们可能再也不回去了）像歌中唱的，越来越多的学生不再回到学校。或许他们选择了为生计忙碌，或许他们仅仅觉得知识无用，也或许是家庭原因不得不放弃学习。无论是哪种原因，学生数量的减少，使得这所天主教高中无以为继，不得不永久关闭。那些曾经充斥着学生的走廊和教室，如今孤寂清冷，毫无生机。

◎ 学校大门

4

从学校出来时，已然快到日落时分。我和同伴的感受像是仅仅短暂地从这个世界消失了几分钟，时间却已然流逝地快得惊人。

扛着相机和三脚架没走两步，就被警察拦了下来。也许是一张天然无害的面孔，除了身份证明，警察并未要求出示更多材料，也没有要求看相机里的照片是不是我声称的“城市建筑和街头摄影”，反而好心叮嘱我：附近废弃的建筑多，所以不法分子出没也比较频繁，如果没什么事，还是尽早离开。看着警官的黑色皮肤上写满了关心和善意，再看看他身后不远处几个无所事事的小阿飞，不禁好奇这个社会是如何决定让谁开着警车，又让谁混迹街头。或许这位警官是来自一个教育系统完善的街区，恰好考试成绩优良，从此命运轨迹便全然不同。

目送这位警官远去时，太阳已然接近地平线，天色渐暗，而天边的云却突然露出一丝缝隙，一缕暗红色镶嵌着金边的光迅速在城市天际线上勾画出一道剪影。而那个我曾见过无数次的、红彤彤、暖洋洋的球体，正像之前的成千上万次一样，把它的光芒又一次洒在整个星球上，包括那众多被废弃的、腐朽的、破败的角落，没有一丝偏倚。

◎ 如何使用本指南

废墟的迷人之处在于它们的尽头连着末日。现在就是现在，没有未来，没有人会再来光顾，没人会再来凭吊。

本指南囊括了六座经典的底特律废墟，同时标明了废墟所在街区的危险程度、废墟进入的难易程度，及综合推荐程度。

适合二十多岁的精壮青年男女一至三日游。不适合家庭游。不适合亲子游。

◎ 下面一些小贴士可以确保你做到保护自己并支持你的旅行目的地的环境和社区

/ 了解你的废墟 /

钻入废墟之前建议先了解废墟附近的居民区安全程度。是否常发生枪击案，是否处常有暴力犯罪。最最重要的一点，先找到一个安全的停车位。

/ 除了照片什么都不带走 /

美国的法律相当健全。如果发现涂鸦、Tagger（用笔在建筑物上留名字）、烟幕弹等工具，可以破坏公众设施等罪名起诉；如果发现从废墟中带出来的“纪念品”，可以盗窃罪名起诉。所以，讽刺的是，虽然这些建筑物早已被众人遗忘，但它们并非无人看管的，也并非彻底的废弃。它们的所有权，或者仍在公司或私人手中，或者属于州政府或国家。

“Take nothing but photos. Leave nothing but footprints（除了照片什么都不带走；除了脚印什么都不留下）”，这不仅是探险的第一守则，也是最大程度保证自己人身安全的黄金守则。

/ 携带合适的装备 /

废墟有着天然的危险性，比如年久失修而腐坏的木质结构、暴露在外的金属结构、泄露的石棉保温层，等等。建议携带呼吸面具、长袖长裤、登山靴、简易手电、防割手套。另外，携带一瓶饮用水也是个防患于未然的措施。

番外：底特律废墟漫游指南

目的地简介——

底特律位于美国密歇根州，和它的好邻居加拿大温莎一桥之隔。大部分废墟均在市内。最危险的几个区为：Highland Park（高街公园）；Coleman A. Young机场及其以东以北；以I-96为北线、密歇根大道为南线、电报路（Telegraph Rd）为西、南菲尔德高速（Southfield Fwy）以东的美国非裔聚居区。

住宿时建议避开整个城中区（Midtown：夹杂在市中心和市郊之间的区域）。市中心（Downtown）白天尚可，晚上建议不要外出。

景点——

李广场宾馆（Lee Plaza）

周边危险程度：★★★☆☆

进入难易程度：☆☆☆☆☆

推荐级别：★★★★☆

建成时间：1929。废弃时间：1997。

高达15层的李广场宾馆由钢筋混凝土建造，正式营业于1929年，于1997年正式废弃。宾馆外墙上曾镶嵌数只大理石雕刻的罗马风格狮子头。当宾馆停用后，这些狮子头被尽数偷去，或毁坏或出售，大多不知所踪，只有六个追查到下落，目前已归还于底特律市政府。

从侧面钻进饭店窗户，首先映入眼帘的是一条长而暗的走廊。走廊吊顶上原本布满了花环装饰图案，现已被破坏，无法分辨出原貌。就如同走廊尽头的饭厅，天花板上大理石雕刻的玫瑰花装饰大多均被砸碎带走，只余一个幸免于难，孤零零地吊在天花板上，供后人瞻仰。

饭厅另一侧是个带有穹顶的巨大的舞厅。舞厅侧面有三扇落地窗，盛年时期想必曾是衣香鬓影，宾客满楼。而如今，一楼的所有门窗均被水泥封死，空余各式涂鸦和被后人砸毁的断壁残垣堆砌成山。

然而对比起其他楼层，一楼大厅的状况尚算良好，从二楼开始到十五楼，每一层的走廊、门窗、房间，所有能砸烂的统统被砸了个稀烂，家具划破然后烧掉，墙壁上涂鸦盖着涂鸦，有对破坏者的指责，有对指责涂鸦的指责——说不清是谁更愤怒一点。只有扒开脚下的碎石，才能看到曾经铺在走廊里的红地毯，略微瞥见繁华的历史的一个瞬间。

如果你愿意顺着伸手不见五指的楼梯爬到十五层的天顶，那么近在眼前的底特律天际线便是你最好的回报。湮没在树海中的住宅区，坐落在湖边的摩天楼群，连接加拿大美国的大使桥，在夏日的阵阵清风中一览无余。

密歇根中央车站

（Michigan Central Station）

周边危险程度：★☆☆☆☆

进入难易程度：★★★★★

推荐级别：★★★☆☆

建成时间：1913。废弃时间：1988。

底特律最有名的废墟可以算是密歇根中央车站了。

始建于1913年，废弃于1988年，密歇根中央车站的日吞吐量曾一度高达200车次。车站废弃的原因多种多样：其一是底特律汽车工业的日渐兴盛，其二是整座城市的逐渐衰落，其三是能源危机和经济滑坡。无论是何原因，1988年1月5日上午11点半，最后一列火车载着这个城市的旧时繁荣驶向芝加哥。自此，密歇根中央车站正式废弃。其后虽然数次在电影中出现，但车站的命运却无甚转机。

[小贴士] 离密歇根中央车站不足十分钟的密歇根大街上遍布美食，价格便宜，分量充足。另外，相较于5年前的混乱，此处如今可算是底特律市内的“安全港”。从泰国饭店Takoi，到精酿啤酒Two James Spirits，到以北美当地汉堡热狗闻名的Mercury Burger and Bar，可谓应有尽有。本指南推荐烧烤之家Slows BarBQ，除了店内招牌菜，可问服务员要隐藏菜单，15美元任选两种烧烤主菜及两种小菜。晚上用餐时间要等位，建议早去。

各各他山浸信会礼拜堂

（Hill of Calvary Missionary Baptist Church）

周边危险程度：★★★★☆

进入难易程度：★☆☆☆☆

推荐级别：★★☆☆☆

建成时间：1920。废弃时间：2011。

各各他山浸信会礼拜堂，位于底特律高街公园。1920年建成并投入使用，随着底特律的兴盛发展壮大，也随着底特律的衰败而式微。

到了20世纪80年代，失业狂潮席卷底特律，大部分白人天主教徒逐渐失去信仰，拒上教堂，拒做礼拜，拒绝参加教堂组织的活动。同时信仰新教的黑人居民慢慢迁入，导致教会快速失去教徒，最终于1985年彻底关闭，2011年正式废弃。

这座小巧的礼拜堂非常容易进入，一楼所有门窗没有封闭，而周围的居民更是对来来往往的探险者见怪不怪。而礼拜堂内部长满青苔的墙壁，零星的涂鸦，倒在地上、琴键扭曲的三角钢琴，对于废墟爱好者来说，也是不容错过的景点。

圣母疗养院

（Glorious Retirement Apartment）

周边危险程度：★★★★☆

进入难易程度：☆☆☆☆☆

推荐级别：★☆☆☆☆

建成时间：1942。废弃时间：不详。

底特律高街公园附近废墟众多，除了前文介绍的各各他山浸信会礼拜堂，还有高街剧院（本区域常有暴力犯罪发生，危险程度：★★★★★）、乔治费伦斯小学、成人教育学院等废弃建筑。总体上来说，高街区的废弃建筑都非常容易进入，然而正是由于过于容易，这些建筑内部已被破坏殆尽，能变卖金属、家具等均已变卖。

网上关于这座疗养院的资料甚少。内部被熏黑的墙壁暗示了也许是由于一场火灾导致了它最终成为废墟的命运。而建筑物外部及内里时不时出现的皇家蓝装饰，也似乎暗示了当年建成时耗资不少。

如果你是个初级爱好者，建议从此处开始。另外，这座疗养院附近是个停车的好地方。

库利天主教高中（Cooley High School）

周边危险程度：★★★☆☆

进入难易程度：★★★☆☆

推荐级别：★★★★★

建成时间：1928。废弃时间：2012。

同样是在底特律高街公园附近的库利天主教高中，始建于1928年，2012年末由于生源不足正式关闭。学校庞大而精美，上下四层，有三个侧翼。和北美的私立学校并无两样，唯一不同的是，这里没有欢笑也没有追逐打闹的学生。甚至缺乏新鲜的空气，只有无尽的、浓稠的、像有实体一样的黑暗，把每一个来访者都销蚀于其中。

学校主教学区的地面上散乱地扔着受潮的纸张，脱落的墙皮和石棉保温层，被破坏狂砸烂的玻璃，还有从天花板垂下来的钢筋。而室内篮球场，除了受潮而鼓起、开裂的木地板，也处于相对完好的状态，学校兴盛时期篮球队的云雀队标志纸仍端端正正地贴在篮球架上。图书馆尚有没搬完的课本、杂志和《圣经》。

而最值得一去的，乃是学校里那座高大辉煌，充斥着浮雕和花纹的礼堂，金色的幕布，完全没有损坏的红丝绒座椅，倾斜的雕着浮花的天顶，二楼的围栏上用金粉描着五只学校的吉祥物云雀，绝对能满足任何一个废墟爱好者，甚至是建筑迷。

帕卡德汽车工厂（Packard Plant）

周边危险程度：★★☆☆☆

进入难易程度：★★★☆☆

推荐级别：★★★☆☆

建成时间：1903。废弃时间：2010。

占地32万平方米的帕卡德（Packard）汽车工厂建于汽车工业刚刚兴起的20世纪初，被认为是当时世界上最先进的汽车制造工厂，是全美第一座将钢筋混凝土用于汽车工厂的工业建筑。帕卡德工厂于1903年开业，于1958年关闭，但工厂所拥有的建筑一直被其他企业作为仓库在征用 。

自废弃以来，该工厂一直是涂鸦艺术家、城市探险者，以及盗贼的天堂。工厂内部的大部分金属管道及线路已被盗贼割除变卖。不少流浪汉也以此为家。尽管多年来被忽视和滥用，但其钢筋混凝土结构仍保持完好无损。

帕卡德汽车工厂的危险之处在于年久失修，建筑内部多处倒塌，探险时除了注意不要一脚踩空，还应注意上方是否有落石。

同时，此处周末偶尔会被警察征用为停车场，用以停放受罚车辆，所以如果探险时看到警车在附近，就不要强行入内了。

天涯何处是我家？
——乡村路上的废弃民宅

• 除非是洪水、地震等天灾人祸，不然是什么让一个家庭决定在突然之间不带走任何一件物品，就此离开他们生活了几十年的房子？

• 许许多多废弃的民宅如沙砾一般散落在北美洲的大陆上，如同一颗又一颗时间胶囊，完整地带着曾经屋主的全部身外之物穿越到几十年之后，直到我推门进入。

• 那些曾为孩子们带来欢笑的毛绒玩具，承载着一个家庭记忆的相片，价格不菲的钢琴、电视、洗衣机，甚至是救命的药物和假肢都随着一个又一个屋顶的坍塌而彻底消失于旷野之中。

• 而那些所有的旧日时光，诸多陌生人一生的故事，就此消失于时光的缝隙之中。

1

搬来多伦多很久以后，我才意识到这个城市是一个没有乡村路，也没有荒原的城市。

因为上学，我以前居住的城市几乎算是一个大学城。从学校往西或者往北开上10分钟，就能看到荒原。夏天傍晚开出去，天乌黑一团，雷雨前夕云块连成一片贴在头顶，只留天尽头的一丝橘红深红淡粉色的半阕天空，和挣扎在地平线附近的落日。我有时候追着天边那一点点亮光开，直至两只眼睛刺痛到要流下泪来；有时候背朝着西边的落日，积雨云像一幅浓墨重彩的油画泼洒在我的面前；偶尔赶上一场大暴雨，雨刷调到最快还是看不清前面的路，逼得你不得不慢下来。

我搬到这个城市以后，最难忘的，其实是那些倒映在后视镜里的夕阳。

2015年，在那许多个百无聊赖开着车兜兜转转的日子里，我常常会在不经意间看到一些老旧的农庄，或者谷仓，或者民宅，孤零零地矗立在一整片荒原之上。要么是房顶坍塌了一半，要么是淹没在植被之中，要么是整个屋子向左或向右倾斜成一个奇怪的角度，要么是没有门窗，屋内像是一个黑洞，吸收着外界的所有光线。

加拿大安大略省的纽马吉特小镇在2001年时人口约为6万，到2016年人口增长到8.5万，预计在未来十年内此地人口将超过12万。纽马吉特距离GTA（Great Toronto Area，大多伦多地区）不远，404高速公路开上半个小时就能到达多伦多北部的几个分区。因为交通便利且房价低于多伦多地区，部分在多伦多的上班族选择在此置业也就不足为奇了。为了应付房地产业的需求，部分农庄被收购，旧的农田改成连栋房屋（Town House），旧的民宅改成公寓，旧的公寓推翻再加高。然后将只有一条车道的乡村小路整平为公路，公路扩建成高速路，再增盖学校、医院、饭店、干洗店。城市像一个默不作声的怪兽，一点一点向外拓张。

◎ 密歇根州北部苏必利尔湖畔废弃的挖泥船

纽马吉特可能是安大略省众多小城镇中最不起眼的一个，2015年《多伦多星报》谈到农用田地受到房地产业的威胁时，采访了一位居住在纽马吉特郊区的农民唐·霍华德，他的母亲在9年前将他们的田地卖给了当地开发商，以至于唐现在只能通过租赁的形式住在自己的房子内。协议内容是：当唐去世后，开发商便可收回这片土地。“我觉得他们好像在等着我死，”唐在另一个访谈时说道，“不能说他们不对，毕竟对方也是付了钱的，但这种别人盼着你死的感觉，无论是谁都不会喜欢吧。”

城市化带来的居所改变并不仅限于这一点，许多年轻人放弃继承祖辈留下的民宅，迁居大都会而导致这些传承几十年甚至百年的民宅废弃。当然，这其中不少是因为地处太过偏僻，即便是房地产商也对他们没什么兴趣罢了。

日本NHK电台曾拍过一个名为《无缘社会》的纪录片，片中讲述了一群或者无子女，或者失业，或者不婚，或者由于城市化而造成的“无缘社会人”。由于没有工作、没有配偶、没有儿女、不回家乡而和这个社会没有关联，当他们去世的时候，很少能被人立刻发现，也无人认领他们的尸体，这些死者被称为“无缘死者”。片中给出了一个数据：在日本，每年有3万人走上无缘死的道路，在他们中间，有在公司二十多年从未迟到早退却在一夜之间变成流浪汉的工薪族，有热衷一个人旅行的旅者，有一生未婚或者儿女远在异国的老人，也有更愿意活在网络空间的年轻人。我不知道在北美无缘社会人的比例有多大，然而，这些废弃民宅中有不少正是因为无缘社会人的去世，政府却无法确定是否仍有合法继承人存在，以至于无法合法地将这些民宅拆除或者收购，只好任其腐烂。

从另一方面来说，房屋价格的一再上涨，也是导致部分民宅废弃原因中的一个。2018年1月底，我曾探访过一个坐落在加州马里布海岸、通体刷成白色、价值超过1000万美金的超级民宅。这座上下两层，拥有6个房间，以及二楼一个正对着沙滩、造型如腰果的室外游泳池的“贝壳小屋”，身处游客众多的闹市区，2016年由于房租过高，前任主人搬离此处后就此闲置。在其后的一年多皆因房地产价格一再增长，以及房租的居高不下而无人问津。当我2018年初进入之时，这座精致而特别的滨海别墅甚至没有挂牌在售，而其中的一间储藏室，也已经出现了涂鸦。

略微讽刺的是，当天拍照结束，由于接下来没有安排，我和Chris坐在泳池边吹着海风消磨了一整个下午直到夕阳西下，都无人打扰。而在它周围，那些夜夜笙歌的豪宅却无一不是人满为患。

类似的还有温哥华的西点格雷住宅区（West Point Grey）。在这个毗邻温哥华北岸山脉，俯瞰英格兰海湾，据说是有钱都不一定能买到房子的区域，却大大小小分布着十几座价值数百万美金的超级别墅。2017年冬天，由于暴雪而断电、横贯加拿大的恶劣天气似乎对这里没有任何影响，时值深冬气温却仍然保持在零摄氏度上，大部分树木仍是秋天的暗绿浅黄色。站在其中任何一个废弃民宅的院子里，都能远眺维多利亚港。

当然，我并无意评价房地产业的热潮或者城市化的对与错。于我而言，这众多消失在一个城市与另一个城市边界之间的农庄和民宅，无非是提供了另一个窥视那些消逝的历史的窗口。在一个又一个倾斜的房顶之下，曾散乱一地的是一个小女孩第一次去海外旅行的日记，一个患有心脏病的丈夫需要记得定时去诊所复查的时间表，一个热爱摇滚的初中男生贴满卧室的海报，一个1979年的新生儿学着爬行的8毫米柯达录影带……

而我，不过是一个端着相机，拿着笔记本电脑的记录者罢了。

加州价值千万的海边别墅

2

无论是2015年那个还不知道城市探险为何物的我，还是2018年这个走进北美铁锈地带无数次的我，废弃民宅从来不在我的兴趣主题之列。

我更喜欢后工业时期的废弃建筑，那些庞大的，怪异的，金玉其外的，那些曾在历史上举足轻重的，那些遗落在字里行间，有迹可循的，那些活在当地人口中，和书本网络里描述的不尽相同的。而另一方面，不同于工业遗迹的是，大部分废弃民宅无从查找，更无法用卫星地图定位，只能在开车经过时偶遇。

所以，伴随着我一次又一次公路旅行时停顿休息的，就是这些散落在北美各个城市、小镇、郡、县、乡间的废弃民宅。

在密歇根州的北部，是无穷无尽绵延不绝的荒原。1841年，美国地质学家道格拉斯·霍顿（Douglas Houghton）发表了一篇关于苏必利尔湖地区铜矿带的报道，从而引发了密歇根州北部地区的淘铜潮，大大小小因为挖矿而存在的小镇不计其数。而这个时间比加利福尼亚淘金热还要早十年，霍顿也由此被尊称为“铜矿之父”。这里是世界上唯一一处可以直接经济开采的纯铜矿群，其中包括了德拉瓦尔、易诺奎、阿诺德、塞内卡、昆西、亚德文彻等矿，所开采铜的纯度高达97%，被誉为“铜的国度（Copper Country）”。

然而，到了1960年，铜矿因环境立法等原因停产。此时，大部分由于挖矿而存在的小镇逐渐衰落，而规模略大的城市的主要支柱经济由重工业转型为旅游业、教育业及冬季户外运动业。而最初以矿工和相关行业为主的居民在铜矿停止开采后，部分背井离乡另寻新家，留下来的则逐渐转向其他行业。

那些人口总数低于10，或者根本无人居住的小镇，被称为Ghost Town（鬼城）。2018年秋，我和Chris一路北上，除了两座密歇根州中部的废弃精神病院，就是为了看看这片人迹罕至的大荒原。

在手机信号断断续续出现再消失的那五天里，我们每天开足十数个小时，像一部拙劣的公路电影一样，在车上吃零食、聊天、吵架、睡觉。我开车的时候听平克·弗洛伊德，Chris开车的时候听齐柏林飞艇。天气一直阴沉沉的，时而下雪，时而下冰雹。看到废弃的建筑我们就停下来，在糟糕的天气里跋涉到天尽头，冻得手脚发僵电池告罄才回到车上，开上十几分钟或者几十分钟遇见一个咖啡馆，冲进去买杯热饮才算缓过来。

而窗外的景色从底特律的摩天大楼，到弗林特（Flint）的破败，到大急流城（Grand Rapids）的空荡荡的大街小巷，再到特拉弗斯城的北部小镇风情。从大急流城往北，植被一点点从暗黄绿色变成夹杂着橙黄、橘色、深红的秋景，而人类的痕迹也从密集的城镇到十几公里才有一座的农庄，一点一点地从大地上被抹去。

1 | 2 3

1 宾夕法尼亚州的一处鬼城 / 镇

2 密歇根州北部顶端的废弃民宅

3 通向豪宅的大门上挂着“禁止入内”标志牌

越往北越孤独。窗外再也看不到高楼林立，路上偶一擦肩而过的“邻居”也逐渐变成了由皮卡和老式美国车为主，荒原一片接着一片，无论往哪个方向开，都是一片寂静。

而地平线附近那些戳在一片旷野上的房子，大陆尽头孤零零早已锈蚀的水塔，废弃许久早已无法辨认的港口仅剩的、不知道为谁指路的路灯，因为挖矿而废弃、如今早已空无一人的镇子上的最后一座小教堂，宛若一个个大写的孤独，扎进我的眼睛里，再也拔不出来。这些原本依靠人类体温活着的建筑，在人类离去之后，独自在这块大陆的顶端不知道站立了多久。就连时间，似乎也膨胀了许多倍，一分钟变得漫长无比。而这无穷无尽绵延不绝的孤独感，庞大到几乎将我吞噬。

我们最远到达了苏必利尔湖岸。在10月底冰冷的湖水中躺着的，除了废弃的工厂，还有一条模样怪异的挖泥船。船上的金属部分如起落架、吊车等早已锈蚀成赭褐色，连同木质结构如房屋一般的船体，一同倾斜地浸泡在苏必利尔这个世界上最大的淡水湖中。蹚过一片浅水，就能爬到船上。亲身经历似乎总比远观要来得真实：或许是冷空气，或许是废弃太久，船体有些滑，每一步都走得胆战心惊，我低头看看脚下错综复杂的金属支架，暗自发誓摔下时一定要笔直地扎进水中，也好过磕在不同的金属之上。而船的内部，一如大型轮船一般，除了驾驶舱等，还有船员休息室，当然，其中一部分已然淹没在水下。

我们似乎选择了个错误的时间——每年的10月到11月，是麋鹿繁衍的季节，此时的密歇根州被戏称为“麋鹿的国度”。在穿越森林的省立28号公路、41号公路，甚至州际2号公路的附近，都常常能看到麋鹿的踪影，所以一跨越到密歇根北半州，公路旁边关于麋鹿季节的警示牌立刻多了起来。尤其是当黄昏消失，夜幕降临，我们开着车穿越一片又一片茫茫无际的森林时，两旁高耸的橡树和枫树无边无际地延展到黑暗的远处，而车灯能照亮的仅仅是面前不大的一片地方。Chris反反复复提示我：“对面可能不会有车，没车的时候开在路中央黄线上，这样如果有麋鹿跳出来，你的应变时间也比较长。” 而我，也在高度紧张的状态下扫视着两旁森林中是否有两个并排的、代表麋鹿眼睛的亮点。

有一次沿途蹿出来了一只半大的小麋鹿崽，看到车灯顿时吓呆了，想从车前跳过去，又想往回跑。好在它的年龄尚小，若是一只成年麋鹿，恐怕会将我的车视作劲敌，竖起鹿角和我们一决高下。

◎ 纽约州民宅

在这3年中，伴随着我一次又一次探险的最忠实的伙伴，大概就是我的车了。无数次南下到宾州、纽约州、俄亥俄州看废弃的剧院、工厂、学校、教堂，又北上去缅因州、马萨诸塞州、康涅狄格州探访废弃的医院、银行、水上公园，再到去美国中西部的三趟公路旅行，我的车和我一起跑了近10万公里，经历过夏日雷雨，也经历过冬季雪暴。最绝望的是上个冬天赶着雪暴去火车墓地拍雪景，为了赶时间，24小时内我开了14个小时，剩下的10个小时中一半在雪地里跋涉，一半在睡觉，太累了以至于连饭都吃不下。由于省立公路封路，中间有3个小时在一片乡间小路钻来钻去，因为路面结冰车有点打滑，最慢的时候我只能时速20公里一点一点蹭着开。

在这其中的大部分时间，我都是一个人。从最初觉得孤独，到后面只觉得轻松。我最常开的一段路是阿巴拉契亚山脉中的81号公路，无论是去宾州纽约州，还是去费城和康涅狄格，或者更南的弗吉尼亚、马里兰、华盛顿特区，81号公路都是我的起点。每次开到群山中，那连绵起伏的温润让我觉得亲切而安心，熟悉得像是回了家。

有些时候，我的车上也有别的探险者。在车内这个封闭的小空间中，两个陌生人似乎也能快速地熟悉起来。更不用提公路旅行一开就是七八个小时的路上，除了分享人生故事，似乎并无其他事情好做。

每个人的特点都非常鲜明，年长一些的探险者如Chris，说起他年轻时候的“信条”：“我们那个时候总觉得毕业了就应该结婚买房生孩子，35岁以后最好就把自己埋在沙发里——谁能想到我现在还在爬废弃的过山车脚手架。” 有些时候让我觉得身旁坐着的似乎是另外一个中国人。也或许，在这个世界上，无论种族性别信仰，每个人都是一样的。

年轻一些的探险者如Austin，由于他的专业是新闻记者，我们常聊的话题也更偏向写作和纪实类拍照。在刚结束在《巴西日报》的实习后，他说起毕业后打算申请个南美的研究生。我问他，那你女朋友呢？他耸耸肩，好像刚才畅想未来的时候压根没想起自己还有个交往了5年的女朋友。

而我远在美国东岸、生长于纽约市或者费城这种大都会的朋友们，最感兴趣的是钻一个又一个城市迷宫般的下水道以及各种宏大的后工业遗迹。废弃民宅？抱歉，一点兴趣也没有；公路旅行？只是一种交通方式罢了。

1 | 2

1 咆哮的 20 年代风格民宅

2 画家之屋

3

2018年10月15日，密歇根州环线的第4天，我在偶然之间遇上了自己人生中的第一座时间胶囊民宅（Time Capsule House）。

在省立公路的某个转角处，一座被树木包围着，房顶塌陷，大门敞开的民宅就这么出现在我们眼前。停下的理由是不同于北美大部分为木质结构的民宅，这座林中小屋是由石头砌成，更加古朴。而在那一瞥而过的瞬间中，似乎除了塌陷的房顶，大部分房屋结构尚保存良好。在这个前不着村后不着店的地方，被破坏的可能性或许很小。抱着屋内可能有尚未被洗劫一空的想法，我们停了车，打算下去一探究竟。

林中小屋的正门处堆放了许多诸如烂床垫、衣物和木板之类的垃圾，难以下脚。朝向林子的后院摆着一条保存相对完整的沙发、秋千、婴儿车等物品，这些私人物品旁边的后门则略为干净整洁。从后门进入，首先是一个保温层已经泄露，整体刷成粉色的工作空间，一把电脑椅和一个造型可爱的灯罩仍然保留完

1 | 2 3
| 4 5

1 从一个小女孩到少女的成长轨迹

2 客厅

3 摆得太过整齐的笔筒

4 未被带走的家庭录像带

5 即将坍塌的工作室

好。从工作室踏入客厅，我和Chris不禁倒吸一口凉气：两张沙发、桌子、壁炉、书架，甚至咖啡桌上的笔筒，等所有家具都完完整整地立在客厅中，除了积压有一定时日的灰尘和稍显破旧的地毯，一切完好如初，仿佛主人只是暂时去远方旅行了几年。

而厨房的架子上，仍然摆着麦片、枫糖浆、豆子罐头、调味酱等物。当然，大部分物品上结着一层厚重的灰尘，也挂着几个蜘蛛网。

为什么会有人定居在这个偏远的密林中？又是为什么他们抛下了一切，不曾整理行李，不曾变卖家具，就此离开？

在两间卧室中保存较为完整的一间，我们甚至发现了一整箱柯达8毫米电影胶卷。其中大部分被录上了影像，还有少部分仍然完好地保存在当年购买的盒子当中。没有放映设备，我们只好从每盘胶卷上面的手写标识猜测里面的影像内容。其中有两卷，似乎尤为珍贵，一卷是1979年这个家庭的新生儿Kevin学习走路的录影，另一卷是1970年春天的家庭录影。到了这个时候，我和Chris有一些猜测：或许主人并未打算离开此地，只是突如其来的变故，使得他在毫无准备之下迁离此处。这类变故，一则可能是死亡，一则可能是中风、心脏病等致人行动不便或者无法料理自己生活的突发疾病，第三种可能性是由于帕金森症或者阿尔兹海默病等，被医疗机构送入养老院等。

在堆满垃圾的另一间卧室内，我们发现了一封来自密歇根政府，表明上述房产所有权终止的信件，似乎很有可能房主已然去世，地税和房产税逾期欠缴过久，政府经过调查注销了房产所有权。无论如何，这只是我们根据信件做出的推测。

在房主在世的时候，想必这是个非常注重生活细节的家庭。墙上的装饰物、地板上铺着多种不同的地毯或织物、厕所架子上摆满了诸如沙漏、水晶制品之类摆件。而堆在前门入口处的垃圾里有类似于《纽约时报》（*New York Times*）之类的报刊，还有从A到Z的百科全书等书籍。

在此处消耗了将近3个小时，直到太阳完全消失，屋内黑到用三脚架和长曝光都无法完成拍摄的时候，我们才恋恋不舍地告别这间林中小屋。如果保存完好，大概这里会继续存在很多年。

诸如此类的时间胶囊小屋，在北美大陆上数不胜数。曾经生活在这些民宅中的，是一个又一个活生生的家庭。或许这些废弃民宅对历史的车轮而言，无足轻重，不值得写入书籍，但这些保存或完好或破败的地方，就是为他们遮风挡雨，见证了他们所有欢笑、愤怒、开心、无力的家。

我愿意阅读这些几十年前的喜怒哀乐，做一个时间尘埃的收集者。

There is no place like home（天涯何处似吾家）。

1 | 2

1 基本完好的次卧

2 未被带走的家庭录像带

美国纽约州

废墟美国

Wandering through Abandoned
Buildings in North America

纽约州废弃精神病院探秘实录

• “我8岁被父母送入罗克兰精神病院，在里面一直住到11岁。如果不听话，他们就把我绑在结了冰的湿床单上，打开窗户（冬天）。碗里的饭一定要吃完，就算我吃到吐，吐完也得回来继续吃。”

• 这不是电影里的台词，而是罗克兰精神病院“幸存者”口述的事实。建在纽约城郊，占地600英亩（约2.5平方公里），拥有十几座不同功能病楼的罗克兰精神病院，包括一所发电站、一座农场和一条商店街的罗克兰精神病院，曾被评为全球规划最好的精神病院之一，于1931年起接收精神病人。在其鼎盛时期的1959年，罗克兰医院曾接纳超过7000名住院病人，以及2000名工作人员。

• 然而，随着心理学和精神病学的发展，现代社会对于精神病患者的治疗方式逐渐发生了改变，和同时期建成的大部分精神病院一样，罗克兰慢慢式微，大部分建筑停用并废弃，仅有几栋病楼作为门诊楼仍在使用，服务着不到600名精神分裂及躁狂抑郁症患者。

1

“我家就在罗克兰附近，1957年从病院里逃出一个疯子，杀了离我家不到三条街区的一家四口人。”

“我小时候最怕听到的就是罗克兰的警铃——它一响，我们就知道又有病人逃出来了。过了几年，病院把警铃拆了，因为附近的居民常常抱怨警铃带来的‘白色恐怖’氛围。其实这样更吓人，因为我们根本不知道什么时候有人逃出来。”

当你在纽约时代广场被昼夜通明的广告牌迷花了眼，或者在布鲁克林某个地下爵士酒吧通宵达旦参加派对，又或者在中央公园晨跑，在大都会博物馆瞻仰展品，在上东区某个咖啡厅吃早餐时，你有没有想过，在离你车程不到45分钟的地方，曾有人饱受虐待死在精神病院？曾有人长年累月地居住在人身安全得不到保障的地方？

然而时至今日，即便你开车路过，乍眼看去这里也不过是一个正常的居民区和几栋疏于照料、仿佛有些年头的公寓楼。而其中黑暗的过去，似乎早已随着丛生的杂草，被掩埋在这十几栋或高或矮的楼房之中。

在罗克兰精神病院的鼎盛时期——1950年，有留存的报告证明，曾经一度每个医生有超过300名病人需要照料。可以想见，在这种1：300的医患比例下，误诊、渎职、虐待曾频频发生。最著名的由于疏忽导致的病人死亡发生在1988年，一位名叫罗曼（化名）的33岁男子，在罗克兰治疗了15年后，由于药物中毒导致的急性呼吸道综合征于重点看护区去世。纽约州立调查委员会的报告指出，在病人去世的前一天，曾服用9种不同药物；而在过去的6个月中，他的主治医生开了12种不同的药物，其中不止一种药物超过了FDA建议的最大安全剂量。

1 | 2
  | 3

1 当年入院的儿童照片

2 3 遗落的照片和文档

1 | 3
2 |

1 偶遇建筑师和工头

2 废弃的轮椅

3 娱乐中心

2017年8月中旬，我离开纽约州一座废弃的高尔夫俱乐部，一路南下开进纽约，没做过多的停留，直接进了罗克兰精神病院旧址。这趟旅行其实在意料之外。

某天，居住在纽约的小伙伴Paulo突然给我发了条短信："你要不要来纽约？罗克兰的拆除工作马上就要开始了！"

2

“我们家就在罗克兰附近，我的一个表姑姨跟院长很熟。每次我说错了话她就一脸生气地跟我说，要是我再不听话就给院长打个电话，让我永远消失。”

“当时医院的儿童分部收留了不少精神病儿童。其中有一些并没有精神问题，只是因为不听话，就被父母送了来，因为他们的父母觉得‘一些社会行为规范活动’对自己的孩子有好处。”

罗克兰精神病院最著名的是近年来颇有争议的儿童分部。儿童分部包括6栋病楼，按性别1：1分为男生儿童病楼和女生儿童病楼。当时的罗克兰儿童分部收留了上百名的“问题儿童”，而当这些年幼的精神病患者年龄超过13岁，则会被转入罗克兰精神病院的青少年分部。

然而，这些入院的精神病儿童在院内的待遇却超乎当时社会的想象：如果患者犯了错，院方不仅对其进行擦地等体力劳动的惩罚，更会将犯错病患孤立地关在独立病房中，有的甚至被整日整夜地被锁在公共区域内的病床区，而医护人员

◎ 四向车

只有在白天才会过去“看上两眼”确保无人死亡。

其中最臭名昭著的惩罚是将不合作的病患绑在床上，身下铺一条浸透冰水的湿床单。这种惩罚在冬日里则会升级成开着窗子，让患者睡在冷风和冰床单之中。

然而，对于那些不足5岁、说话还不清楚的儿童们，到底如何定义他们究竟是有精神病的问题，还是仅仅有些特立独行呢?

电影《心灵捕手》中的主人公威尔是一位天赋异禀的数学天才，却由于童年创伤导致了他成为一个问题少年，打架斗殴、暴力冲动是常有的事。这是否满足了罗克兰精神病院的入院条件呢?

在耶路撒冷希伯来大学图书馆的爱因斯坦文档中，有一篇被很多专业期刊引用的文献中提到，爱因斯坦幼年时期被父母认为说话较晚，7岁前常常沉默寡言，并且总是轻声重复自己的话。这种莫名其妙总在重复自己语言的奇怪行为，乍一看似乎是由于精神方面有困扰，若是换作另一对父母，是不是会立刻把年幼的爱因斯坦送入精神病院呢?

不仅仅是这些天才的童年曾有怪异举止，许多普通人在年幼时或多或少也都有一些令父母头痛的行为问题。虽然对于精神卫生有足够重视乃是好事，但一发现问题便送入精神病院，就有些过激了。

在20世纪初，美国天主教徒甚众，不堕胎乃是天主教信条之一。由于信仰导致的无节制生育，使得一个家庭有七八个孩子的例子比比皆是。孩子过多，父母的忽视自然在所难免。我的一个老师曾告诉我，她童年很少有直接来自父母的关爱，煮饭等常是家里年长的姐姐负责，而放学后消失几个小时去和狐朋狗友“鬼混”根本不会被父母发现。这些疏于照管又愈发导致早婚早育，从而进入一个恶性循环。而一旦发现自己孩子有行为规范问题，同时简单的禁足并不能解决时，这些父母盲目认为孩子有精神病，就或多或少可以理解了。但是，正如罗克兰住院医生所描述的那样，这些年幼的患者们并非全部都有心理精神方面的问题，其中的一些仅仅是由于不听话，便被父母送入医院。一名曾入院的患者在接受采访时表示，他认为他的一些病友们的行为问题，是由于曾遭受他们父母在精神或心理上的虐待而使然。

无论入院原因如何，这些或有问题，或曾正常的年幼患者们，一旦入院便如此经年累月地在罗克兰精神病院住着，从一名精神病儿童，成长为一名精神病青少年，再到一名成年人，最后消失在历史和档案的缝隙之间。

3

“我所在的唱诗班曾于圣诞节去罗克兰表演，当时一名病人朝我们扔了一枚假手雷，而另一名病人因为当众手淫被保安带了出去。”

“早在脑前叶切除术流行的40年代，罗克兰经常对不守规矩的病人进行电击、冰浴等惩罚。最残忍的地方是他们连牙夹都不用，病人经常由于疼痛咬烂舌头。”

在罗克兰精神病院停用以后，曾被征用于电影电视剧的拍摄，其中较为有名的电视剧有《女子监狱》和《美国恐怖故事》等。据传也曾被纽约当地某些高中的足球队用来作为练胆基地，但更多的却只是闲置在一片居民区附近，任其腐坏。

腐坏的建筑物内的石棉味道浓重，大概是因为废弃太久的缘故，许多曾用作绝缘隔热层的石棉从天花板掉了出来，泡在地上不知道哪里来的积水之中。我深一脚浅一脚地踩在泥水和石棉中，还没来得及庆幸自己穿了靴子，就一脚踢在一堆废纸上，瞬间一股刺鼻的腐朽气味直冲脑门，我实在不愿想象那堆废纸下盖着的是什么。

大概由于是特意为儿童建造的活动中心，这些通体淡绿色的建筑物每隔几十米便有一个圆形节点。节点由走廊连接四个不同方向，墙壁上半部分画着一些简单的美国历

◎ 刷成淡绿色的建筑物

史，风格很像中国水墨画。

除了常规的教室、宿舍、食堂，儿童区还包括一个小剧场和一个娱乐中心。娱乐中心早已面目全非，残留了一些塑料玩具。很显然，政府对这些廉价的玩具并没有兴趣，而它们也入不了来这里偷割金属变卖的窃贼的法眼。等待着这些玩具的最终命运，大概是附近的某个垃圾填埋站。

儿童剧场内画满了涂鸦，幕布后面一个鲜明的“420”，作为大麻的代号，或者是对这里废弃以后可能经历过的遭遇的一个暗示。舞台前面一个大写的“DON'T FORGET ABOUT ME（不要忘记我）”，倒是合情合景，提醒着所有人这里曾经生活过的患者们，由于不听话被父母送进来的孩子们，以及那些被家人遗忘在这里变老去世的病人们。

在其中一个节点附近，部分尚未来得及移除的病人档案散乱地扔在桌上。大部分已被雨水和剥落地墙皮腐蚀到模糊不清，所幸有一些照片幸免于难。一张照片里似乎是医生带着小朋友们在做游戏；另外一张照片则是午饭时间；还有一张照片是一个穿着花裙子的黑人小妹妹腼腆地看着镜头；而在另外一套保存较为完好的照片墙上，能看到许多年龄不同肤色各异的小朋友，或者在吃饭，或者在游戏，或者在睡觉，而最小的那个，仿佛只有四五岁。

最震撼的却不是这些照片保存得有多完好，而是这些照片呈现出的儿童们，和正常的幼儿园并无两样。既看不出他们是否有精神问题，也看不出他们是否受过虐待。

如果不是某些曾入院的病人“幸存”至今，又有谁能从这些照片中看到病院的黑暗历史呢？

1 | 2

1 儿童小剧场
2 玩具细节

4

“我曾是罗克兰的住院医生，我的一名女患者6岁就被送了进来，在这里住了超过30年还不知道怎么开灯！”

“我是一名领养儿。出生于20世纪60年代，我的生母是罗克兰的常住病人，我的出生证明显示她生下我以后又回到了罗克兰，但是之后就音讯全无。”

到了2000年，一些关于废弃的罗克兰精神病院的新闻开始逐渐见于网络和各大媒体。在这些文章和报道所呈现的图片中，那些剥落的墙皮，散落满地的玩具和刷成淡绿色的圆形建筑，吸引了许许多多对罗克兰充满好奇的人们。

然而，随着一次次的曝光，罗克兰精神病院的境况却呈几何级数下降。相比于20世纪初衰败却干净的医院，许多人为破坏触目惊心地出现在废弃的治疗中心甚至住宿区之中：大片的劣质涂鸦覆盖了原本的墙壁；保龄球被从原处拿走以用来砸玻璃和木制门窗；一些金属零件被盗窃一空……

医院管理处不得不在众多入口竖起“禁止入门”“擅自进入者将被送入警察局”等警示牌，甚至在一些地方重新加装了铁栅栏，并用木板或水泥封死某些病楼靠近地面的门窗。这不仅仅是为了保护医园，更是为了保护不知情进入的大众——经过几十年的风吹日晒雨淋，许多废弃建筑物早已腐坏，大量石棉暴露在外，更不用提一些塌陷的天花板和地面。

但主流媒体对医院的报道却不断引诱着人们前来拜访，甚至不惜用钳子剪破栅栏，砸碎木板，也要一睹罗克兰神秘外衣之下的真面目。

最终，不堪重负的医院管理层决定：罗克兰精神病院废弃诊疗中心的拆除工作于2017年9月正式开始。

从罗克兰回来以后，我和几个也曾去过这里的朋友聊天，大家无不感叹罗克兰的巨大，众多如迷宫一样的楼房和连通各个分部的地下室，和过去那段扑朔迷离的历史。美国“垮掉的一代”的代表诗人金斯伯格（Irwin Allen Ginsberg），在其长诗《嚎叫》中曾有这么一段：

I’m with you in Rockland,
where you’re madder than I am.
I’m with you in Rockland,
where you must feel very strange.
I’m with you in Rockland,
where you imitate the shade of my mother.
I'm with you in Rockland,
where you’ve murdered your twelve secretaries.

我和你同在罗克兰，
在那里你比我更疯狂。
我和你同在罗克兰，
在那里你一定坐立不安。
我和你同在罗克兰，
在那里你冒充着我母亲的影子。
我和你同在罗克兰，
在那里你谋杀了你的十二位秘书。

1 | 2

1 玩具细节

2 娱乐中心

这段文字被认为是暗指他的母亲由于精神问题频繁入住纽约各大精神病院的历史，这些医院包括纽约朝圣州立精神病院（废弃），新泽西的灰石精神病院（废弃），当然也包括纽约罗克兰精神病院（废弃）。

也许对于我们这些探险者来说，罗克兰只不过是众多废弃精神病院中的一员。而对于曾经住在那里的患者和周边深受其扰的居民们，罗克兰却是一段挥之不去的黯淡记忆。那些曾经活在摄影师镜头下或神秘或诡异的镜像，早已消逝在这片废墟之中，只有几十年前充斥于此的欢声笑语或夜半哭泣，似乎仍在半空中徘徊缭绕，经久不息。

然而，无论有多少饱受折磨的灵魂曾在这里安息，值得庆幸的是，心理和精神疾病逐渐得到社会的重视，那些骇人听闻的治疗手段都已经成为过去。

没有一个人该因自己的与众不同而受到惩罚。

“I'm with you in Rockland（我和你同在罗克兰）.”

从百老汇、派拉蒙到华纳兄弟——纽约州废弃剧院探寻之旅

“你们去吧，” Chris一脸遗憾的表情，“这个我爬上不去。”

2018年4月的一天清晨，我、Chris、Paulo站在纽约市一座废弃的大剧院后面的小巷子里，抬头看着上面歪歪扭扭摇摇欲坠的防火梯，纷纷在心里盘算：如果自由落体，最高一级梯子距楼顶入口的那个两米半的落差能不能受得住自己的体重……

1

距离1716年全美第一座剧院建成至今，已过去三百余年。这300年间，歌剧话剧的繁荣衰落、电影年代的伊始，促成修建了横跨北美洲、总数超过4万座的影院和剧院。这其中包括设备结构现代，建筑风格统一化的电影院线，其中以万达集团旗下的AMC娱乐公司为代表——是的，你没看错，全球最大的电影连锁公司美国AMC娱乐企业目前是中国大连万达集团旗下的一个子公司。在美国市场占有率第一的AMC院线拥有11247块屏幕和1027家电影院。除了美国以外，AMC的海外据点包括英国、法国、巴西、加拿大等国。

除了这些设备现代化、建筑风格统一的电影院线，美国剧院的另一个分支便是建筑富丽堂皇、内部装修极尽奢华的歌剧院和戏剧院。这些剧院的历史可以追溯到18世纪中叶。虽然记录上可考的第一座大剧院于1716年建于弗吉尼亚州的威廉斯堡，但美国专业戏剧院的诞生日却是英国演员兼戏剧导演Lewis Hallam抵达北美洲的1752年。随着Lewis一起来到北美洲的，是当时伦敦流行的《哈姆雷特》、《奥赛罗》等流行剧目，以及一个完整的欧洲戏剧表演公司。

而在宾州费城的“the Walnut”（胡桃街/核桃街剧院），是现存的美国最古老的剧院。第一部独立的戏剧作品《情敌》（*the Rivals*）[谢立丹作品（Sheridan）]于1812年在此上演，出席观看这幕剧的包括当时的美国总统杰弗逊。

说到美国戏剧，绕不开的“老大哥”便是纽约百老汇。就像国内艺术圈借着《茶馆》常四爷的那句“搞艺术的，就是条狗也得托生在北京城里”一样，在美国，甚至全世界范围内的戏剧舞台中心是纽约百老汇。维基百科页面2017年列出的百老汇剧院共有103座，包括41座分布在44街到53街附近的内百老汇剧院，及62座外百老汇剧院。

虽然在纽约以外，许多城市也有专业的剧团和常驻剧场的公司生产，但毫无争议的，全世界最优秀的音乐剧、戏剧、话剧基本都集中在纽约百老汇及英国西区。从2013年到现在，我反反复复去了纽约数次，如果有人问我，作为游客去纽约最应该做的事儿是什么，我的答案一定是：看剧。从我2013年的第一场《歌剧魅影》起，我便同每一位游客一起，爱上了这个虽然危险喧嚣、精神文化却大大丰富过北美总和的城市。

1 | 2

1 百老汇剧院外观及为了修复剧院请求募捐的横幅

2 废弃的百老汇剧院二楼的观众席

2

19世纪末到20世纪初，由于经济的繁荣和建筑学及科技的更新，歌剧院和戏剧院在数量上迎来了一次爆发。然而诞生于同时期的电影，虽然起初发展缓慢，但很快便迎头赶上。越来越多的电影院线开始大肆兴建，虽然有一些戏剧院增加了电影放映功能，但这些耗资巨大修建的戏剧院，由于后期维护费用的居高不下，加上技术更新缓慢，终究敌不过各大电影公司的垄断，逐渐走向衰落。

由于院线垄断，同时走向衰落的还有汽车影院和一些独立运作的小影院。截至2017年，全美关闭的剧院超过26000座，其中一半以上已经拆除，而重新修复、再次投入使用的，却仅有不足500座。

2016年圣诞节，我一人独自南下，开始了自己的第一次纯为探险的公路旅行（road trip）。在横跨纽约州的时候，我遇上了自己的第一座歌剧院。修建于1910年耗资30万美金（相当于今日约500万美金）的这座犹太风格的歌剧院，于开业整100年后关闭。

2016年底的我，虽然已经去过一些工厂学校水上乐园等，但遇上这种规模的废墟还是第一次。这间剧院上下共四层，除了正厅，还有几间俱乐部、雪茄室、咖啡厅酒厅、铺了木地板的跳舞厅、一个小教堂，而观众入口则多达6个。而演员更衣室，包括5间普通演员更衣室，

和8间为主演们准备的特别演员更衣室。其中两间特别演员为套间结构，外面有会客厅，里面有化妆间和休息室。剧院内部黑得伸手不见五指，和众多其他密封良好的废墟一样，寂静到令人耳鸣。现在想想，以这间剧院当时的状态来说，非常有可能有一些小动物寄居在此，然而当时作为一个新手的我，一有风吹草动就如惊弓之鸟，在正厅内拍了两个多小时，穹顶和办公区完全没有涉足，就匆匆从入口爬出去了……

当地居民为重新修复这间歌剧院组织了一个募捐机构。虽然捐款迟迟不能达标，但由于志愿者的持之以恒，这间剧院在废弃后的很长一段时间内都保持了非常完好的状态。我第一次进入时，整间剧院不见一丝人为破坏的痕迹：没有涂鸦、没有打破的玻璃、没有饮料或啤酒瓶。虽然其中一间更衣室有流浪汉留宿的迹象，但除了一张毯子和几件衣服，并没有多余的物件。

◎ 犹太风格的百年歌剧院

时隔8个月，当我和Chris一同重返此处时，穹顶附近的天花板已经开始逐渐剥落，外面的天光顺着几个小洞一丝丝漏了进来。而金黄色的幕布，也已令人心疼地出现了涂鸦。幸好，2017年底这间剧院的第一阶段修复资金已经到位，修复工程正式开始。其中，一楼的椅子已经全被拆掉，目前正在拍卖。修复完成后大概会和刚建好时差不多，满员800人观剧。消息传来时，我和几个曾经造访此处的朋友都欢欣鼓舞地松了一口气，毕竟没有很多废墟有重生的机会。

1 2 | 4
3

1 百年歌剧院外观

2 走廊

3 观众入场口

4 派拉蒙剧院内风格独特的扶手

3

NYC（纽约城）及周边充斥着废弃的各类剧院。以派拉蒙为名的连锁剧院就有4个，建于20世纪30至40年代，废弃于开业二三十年后。虽然地点各异建筑样式不同，但大部分均为装饰风格艺术（Art Deco Style）。2016年我曾在机缘巧合之下非常偶然地造访过其中一座，虽然只是短暂的一瞥，但当时那个废弃剧院有光的侧影给我留下了极其深刻的印象。2017年秋天拆除计划通过的消息传来，我再次南下，专为拜访这座剧院。然而时间不凑巧，造访的那天市内有游行，整条街道充斥着警察和游行人群。作为现场唯一的亚洲人，我一身黑色的打扮，以及肩上非常突兀的大块头相机和三脚架，实在是太过引人注目。被连续搭讪了四五次后，远远看着一个警察大哥向我走来，我只好赶紧撤退了。

2018年3月底在计划另一趟期盼已久的旅行时，我突发奇想决定延长一天，去NYC绕一圈，热爱废弃剧院的Chris临时决定加入我的行程，于是我联系了纽约本地人Paulo：

“Hey buddy，我4月初可能要去纽约玩，打算去看看那几个废弃剧院，你想一起来吗）?”

和Paulo认识一年多，却从来没见过面。他很快回复了我：“Sure，but we need to pre-dawn them.”（当然要的，不过我们得在要日出前进去）

三座废弃的剧院都集中在市中心，趁天不亮进去是最安全的做法。Paulo三十出头，有一份高薪稳定的政府工作，他最不想遇见的情况就是被抓。

而我，仗着自己曾进去过，否定了Paulo提前一晚开过去看看情况做做功课的想法。当3个人第二天清晨5点在空无一人的大街上碰了个面，哆哆嗦嗦地在冷风中走了二十几分钟，站在了我的“入口”处，这才一起傻了眼：可能因为拆除工作已被提上日程，我曾用过的旧入口已被封死。

秉着来都来了的原则，我们看了看卫星地图，发现房顶破了一个大洞，很有可乘之机。于是我们绕了一圈，转到剧院背后的小巷子里，打算用防火梯爬到房顶，然后从那个洞口翻进去。虽然年久失修废弃了太多年以至防火梯缺东少西，但也不是不能操作，但是最高那一级梯子却没有连在楼顶的破洞处，而是连在了比洞口再高2米的一个窗口。也就是说我们要先顺着防火梯爬到最高处，然后自由落体在洞口——这还是建立在那个摇摇欲坠的防火梯能承受得住我们三个人体重的前提之下。

我们三个站在巷子里大眼瞪小眼，而此时天色已然蒙蒙亮，街上陆陆续续地出现行人，再不做决定，我们连出去都是个问题——这个剧院背后的小巷已经在“No Trespassing（禁止入内）”牌子以内。

1 2 | 3

1 锈蚀的门把手

2 后台，炫目的蓝色

3 废弃的派拉蒙剧院

4

和纽约城附近的其他剧院一样，这座派拉蒙旗下的剧院也在废弃之后重新启用：先是在20世纪60年代耗资十几万美金重新装修成电影院，然而开业不足10年之后再次废弃。那十几万美金的投资算是打了水漂。

大部分建筑物的废弃都免不了人为错误，有的是城市规划原因，有的是经济发展不可避免的趋势，有的是人口城市化，有的是经营不善或者过早过晚地进入某个领域。这几座剧院很明显也是其中的一种：电影作为一种更加大众并且廉价的娱乐方式席卷全球，歌剧戏剧不会死亡，但受众必将大规模缩减到小众发烧友的过程无法避免。

这座剧院和另外一座废弃剧院比肩，一个剧院有楼梯通向另外一个剧院，这种双剧院结构设计不仅在当时，直到现在也是非常罕见的一种建筑风格。由于三人中我的体重最轻，只好硬着头皮打头阵。防火梯爬到一半的我神使鬼差地试着推了推手边的一扇门，竟然一推便开，于是赶紧大喜过望地召唤同伴们。就这样，Chris、Paulo和我终于赶在天色大亮之前进入了其中一间剧院。由于拆除在即，一楼的座位几乎已经全部拆除，被敲碎的楼梯和天顶碎石全部堆在一楼。在其中跋涉时，Chris由于在德州一间民营剧场受到的袭击没有康复，膝盖实在支撑不住，我们匆匆放弃了一楼，直接进入了二楼。

二楼除了光线略暗，大部分座位仍处于较为完好的状态。改建之后的胶片放映室也相对完整，许许多多没有来得及搬走的菲林仍成卷地堆放在角落里，刷成明亮蓝色的墙皮虽然正在一层层剥落，却掩盖不住当年的盛况，仍旧异常美丽。

站在二楼向下望，舞台上白色的幕布一条条垂落下来，和我2016年看到的并无二致。而那个有光的侧影，也仍如当年一样，静静地屹立在光柱之中。似乎在废弃后，时间首先快进到了一个人类消失后的世界，接着被按下了暂停键，永久地停留在了某一天。

和它相连的另一座在民间被戏称为“阁楼”的剧院，废弃后曾转卖给华纳兄弟，在短暂地改作电影院营业不到两年后便再次废弃。这个上下两层座位过千的剧院非常沧桑，幕布已经从天顶落下，搭在腐烂的椅子上。有些椅子似乎有被焚烧过的痕迹，而四处透风的天顶更是加剧了剧院的腐蚀速度。在一楼的座位之间，莫名其妙地扔着一个女性半身模特的塑料壳，我们三个实在无从猜测塑料壳的来历——所有的演员更衣室早已随着几十年前的改建而消失。唯一值得庆幸的是，涂鸦出人意料得少，或许是因为进入的困难程度超过了所谓的“涂鸦艺术家”愿意承受的范围。

而它那个和著名男性杂志一样的昵称——“阁楼”，似乎暗示了它曾经的一个角色：在建或之后，此处曾用于放映小众的女性电影，至于受众是否仅限于男性就不得而知了。

1
2 3

1 华纳兄弟剧院内剩余的幕布
2 扇形窗
3 未曾带走的胶片

© 扇形窗和窗外的高楼林立

5

从剧院里出来时，已经接近中午12点，另外一座同样是派拉蒙旗下的废弃剧院不仅在主街上，且在警察局隔壁。所以我们愉快地决定放弃剧院，去附近一所以蒂芙尼蓝与皇家蓝涂刷墙壁而闻名的废弃学校逛逛。

往停车场走时，因为是工作日，街上大部分行人都一副行色匆匆的忙碌模样，目不斜视地从我们三人身旁掠过。主街上五座废弃的建筑物错落有致地插在高高矮矮的写字楼之间，外表看来与其他高楼大厦并无二致。而这些当地居民似乎看不到这些废弃建筑一样，在其附近抽烟、吃街边摊买来的热狗或西装革履地站着聊天——也可能是早已习惯了和这些废墟朝夕相处，才视若无睹。

探险几年来，常见的场景是当地居民对废弃建筑物的避之不及，以及废弃建筑物身处不那么繁华的地界。这种废墟如此密集地与正常建筑比肩的情景，说不好是过于和谐还是过于不和谐，在我眼中反正是有点突兀。

就像那句歌词一样，“All around me are familiar faces, worn out places, worn out faces（周遭是一成不变的面孔，破败的地方，疲惫的脸庞）.”

This is a mad world.（这是一个疯狂的世界）

废弃的纽约州交通系统

• 当我站在全长11公里的罗切斯特地下铁入口处，面对伸手不见五指的隧道扭开手电，一群栖息在天顶上的蝙蝠轰然而起，向着地铁更深处的黑暗飞去时，一阵阵冷风夹带着蚀骨的凉意从隧道深处传来，席卷我的全身。

• 站在另一个世界的入口。前面是一片黑暗，方方正正5米高宽的地铁入口敞开着，宛如一张能吞噬一切的大嘴，寂静到令人耳鸣；后面的人类世界，此刻正值日落，太阳的最后一丝余晖将所有的一切涂上一层暗粉色。

• 我最后看了一眼这个残存着余温的人类世界，转身走向黑暗深处。

1

◎ 我站在罗切斯特地铁内部

1919年，伊利湖运河（Erie Canal）改道，给了罗切斯特（Rochester, NY）修建地下铁的契机。1927年，全长11公里的罗切斯特地下铁系统正式开始运营。然而投资营建地铁的纽约铁路公司却没想到，仅仅4年之后，由于大萧条导致公司周转不灵，1931年纽约铁路公司宣布破产。7年后，罗切斯特地铁卖给罗切斯特运输集团。为了削减开支，公司将每日运行的地铁改成仅在周末运营。但经济状况并未好转，在1952年公司进一步决定结束周日的地铁运行。3年后，1955年6月30日，罗切斯特市政府投票通过提议：彻底终结所有的地下公共交通系统。

至此，这个投入约600万美金（相当于现在的8000万美金）的地下铁系统正式告别它短暂的职业生涯。从此，深埋在罗切斯特的高楼大厦车水马龙之下，废弃至今。

从我3年前开始钻各种废弃的建筑和隧道起，就一直对这个如迷宫一般的地下隧道非常好奇。不仅是因为它的废弃时间早已远远超过它的运营时间，更是因为地铁本身——作为以服务大众为第一存在目的，比起其他废弃的地下系统如下水道防空隧道等，地铁更加正规而庞大，拥有着不同的支撑系统，和众多早已成为“幽灵车站”的站台及通向地面的管道。

放眼北美，废弃的地铁极其常见。俄亥俄州斥资600万美金修建却从未投入使用的辛辛那提地铁，芝加哥由于缺乏维护经费而废弃的轻轨，旧金山的尤里卡站（Eureka Station），费城的富兰克林广场站（Franklin Square Station），纽约无力支付改装升级费用而废弃的市政厅站、公司削减营运经费而废弃的布鲁克林南4街站（South 4th Street），多伦多的卑街底站（Lower Bay Station）等，数不胜数。

二战结束后，汽车制造业在北美的空前兴盛促使政府大量修建高速路，而如路网一般遍布整个北美的高速，进一步促进了象征着自由的汽车文化在北美大陆的迅速流行，致使建造经费和维护经费同样高昂的地铁系统慢慢退出了主流通勤舞台。

地下交通的退行化其实是个全球化的趋势。巴黎、伦敦、巴塞罗那等欧洲主流城市的废弃地铁及地铁站的数量并不在北美之下，在城市探险圈内流传着一句极其讽刺却写实的句子："If there is a global capital of ghost stations, it would have to be London."［如果全球所有的"幽灵车站"有个大本营，那非伦敦莫属］——从北线（Northern Line）到皮卡迪里线（Piccadilly branch line），伦敦拥有超过40座废弃的幽灵车站，远远大于其他欧洲国家的总和。

另一个非常有意思的现象是，在这种全球化快速公交系统（Bus Rapid Transit）兴起的浪潮之下，大部分国家都缩减了新地下交通系统的投资，而唯一的例外却是中国。2014年，《卫报》的一篇综述性报道中指出，北京地铁系统早已达到伦敦地铁系统的容量，到2020年，北京地铁的复杂及庞大程度将是伦敦的两倍。

这些废弃地下通勤系统的大量存在，一方面说明地铁远不如地上交通系统灵活而易于变通：在高速上增加车道或修建高架桥连接不同路段的高速，都比地下改道容易得多。一个健全并可扩容的地铁系统，不仅需要大量的投资，更对城市规划要求极高。另一方面，通过这些"幽灵车站"也能看出这些城市许多年前的繁荣程度，毕竟，动辄数百万美金修建公共交通系统并不是所有城市负担得起的一项投资。

就如众多北美铁锈地带的城市，一个世纪之前神话一般的经济膨胀如今早已统统成空。克利夫兰也好，罗切斯特也罢，在见识过多年前的繁华、既而经历过一波又一波的大萧条之后，现在只剩下一个空架子，如一头年老力衰的钢筋猛兽，残伏在五大湖周边，垂垂老去。

对于我来说，这些废弃的地下系统却是一个非常有意思的探索之地：比起地上那些可以通过投票决定是否拆除、改建的建筑物，这些地下的隧道和车站除了大规模填埋，基本无法拆除；由于建筑的特殊性，它们改建的可能性也微乎其微，换一种说法就是，这些地下通勤系统在废弃以后并没有彻底死去，而是以一种类似于冬眠的状态活了下去。所以这些如时间胶囊一般的地下隧道，几乎原封不动地保留了当时的修建风格，是每个城市背后那段被遗忘的历史中的幸存者，一群沉默却强有力的时空标记点，研读城市规划历史的第一手资料。

1 | 3
2 |

1 从罗切斯特地铁的水牢向外望

2 似乎能吞噬一切的入口

3 罗切斯特地铁内部

2

你在黑暗里行走的最长纪录是多少?

我一边沿着铁轨往里走，一边觉得自己似乎已经打破了个人纪录，但是每次掏出手机都只不过距离上次看手机刚过去了不到2分钟。

在罗切斯特地铁之前，我有过不少和黑暗打交道的经验：所有废弃建筑的入口无非只有两种，爬上去，或者钻下去，出于安全考虑，同时也由于我的身高限制，在两种入口都存在时我往往会选择第二种。钻下去便免不了要与伸手不见五指的黑暗为伍，短则几秒，长则十几分钟。

我曾经在网上做过一个小调查。那次我去的是个教会学校，刚好同时存在着两种入口，一个方案是从二楼打开的窗户翻进去，窗户下面竖着一个摇摇欲坠的梯子；另一个方案是从地下室钻进去，当然，从照片的角度看不清楚地下室内部有多大多深。结果却非常有意思：有探险经验的全部选择了从地下室钻进去，而剩下的多半选择了走梯子从窗户翻进去。虽说临场观察也会影响判断结果，但往高处攀爬失败的后果往往很可怕，即便自己侥幸没有受伤，背着的器材是否能幸免于难就不好说了。相对来说，钻地道却可以不断地尝试，而且最坏的结果也不过是原路返回。

人类行走的速度约5公里每小时。进入这段全长11公里的地下隧道之前，我

为自己准备了能支撑4个小时的手电筒外加一个头灯。同时，带了能坚持24小时的饮用水、几块士力架、一件厚毛衣和两节备用电池。从一份来自1928年的罗切斯特地图来看， 除了中间的几个站台有通向地面的分支线，及一些从未启用过的“备用站台”，整条地铁只有一条主路——我预测自己不会迷路。

幸运的情况是在走到尽头时，能发现另外一个出入口。当然，如果情况必须，我也可以原路返回，不过就是在原计划的基础上增加了2个小时而已。

以我的个人经验来说，进入一个黑暗环境最好的做法是熄灭所有照明设备，让肉眼习惯黑暗，往往在5到10分钟内就能基本看清周围的一切——人类的极限真是惊人。但也有由于密闭太好，我无论如何也看不清的情况，最危险的一次是在一个剧院的后台，我摸黑走了几分钟仍然伸手不见五指，摁亮手电筒的一瞬间发觉自己正在一个洞口的边缘，往前再走半步，就会摔进5米落差的地下室。

当然了，这次准备了充足的照明设备并不是因为吃一堑长一智，而是因为，据我从网上搜来的信息而看，这里偶尔会住着一些流浪汉。手电筒的亮光至少能让对方有所准备，不至于我悄没声地走过去，把对方吓个半死，这就好比你去邻居家串门，总要敲敲门。

手机信号在进入隧道不到10分钟就消失了。

在最后2分钟，我每隔几秒钟就要把手机掏出来看看。手机屏幕左上角的LTE先是变成3G，再时断时续地开始搜索信号，然后手机网络彻底消失，而除了网络以外代表手机信号的竖条也终于坚持不住，变成了“No Service（没有服务）”。

我盯着“No Service（没有服务）”的字样看了半晌，确定再也不会有变化，记了一下时间：2018年6月3日19:47——我和头顶上那个人类世界的最后一丝连接也消失了。

看看前面，仍是无穷无尽的黑暗；而身后，也是一样的黑暗。入口的亮光早消失在某个弯道附近。为了防止发生耗尽备用电池的意外出现，头灯和手电筒我只留下了一个，所以能照亮的空间非常有限。

而在这个深入地下十几米的空间内，寂静是除了黑暗以外最需要花费精力去对付的另一个困难。

首先是耳鸣的出现。像是当一切声音都消失后，那些在日常生活中从来不曾注意到的空气中流动的背景音突然跃上舞台，从轻微的电流沙沙声，慢慢放大成并不太尖锐的高分贝噪音。

接着是开始听到自己身体内部的声音。心跳像打雷，行走时骨头之间的摩擦声虽然细微但却可以分辨得到，甚至使劲捏手电筒时手掌的汗液和金属之间的挤压声也可以听到。

然后是忽然觉得自己变成了千里耳。很遥远的地方某个破裂的管道的滴水声，不知道是什么动物在地面、墙壁，还是天顶上，肉体和固体接触的摩擦声；还有无法分辨远近的某个金属轨道中划过另外一种金属的剐蹭声。

听不到另外一个人的呼吸声，也许是在整个令人心慌的死寂之中最让我觉得安慰的一件事了。

1 | 2

1 罗切斯特地铁内部和地面连接部分

2罗切斯特地铁站内涂鸦

3

在距离罗切斯特车程半小时的一个乡下，存在着一个曾一度是世界上最大的扇形车库的残垣断壁。

扇形车库（Roundhouse），一般是大型的圆形或半圆形结构，并且环绕转车盘四周。早期的蒸汽火车一般只能向前行驶，虽然很快就发明了蒸汽火车的倒车机制，蒸汽火车的控制仍然以向前行驶为主，在逆向行驶时无法有效对机车进行操作。扇形车库内的转车盘方便铁路机车和其他铁道车辆可以转向以行驶回程。

◎ 扇形车库

这个扇形车库废弃前隶属宾州的煤矿公司理海谷（Lehigh Valley Corporation，详情可见寂静岭一章）。在煤矿事业兴盛的20世纪中叶，当地居民每天最常见的就是蒸汽火车在此处的出入。但随着煤炭逐渐退出北美能源舞台，这个扇形车库在约50年前时彻底停用，之后随着公司的所有权几经易手，最终无可挽回地闲置在了这片乡下的杂草之间。

1 | 3
2 |

1 扇形车库外部

2 日出时，一辆运煤车驶过已经废弃的水牛城中央火车站

3 水牛城中央车站

我踏足时是初夏时分，除了居民区背后一片荒草和乱木的掩埋之下藏着一个半圆形的车库之外，还有几间人去楼空的办公室和调度室。车库内空很高，房梁上有不少做窝的鸟类，地面附近也能看到小动物的生活痕迹。然而除了这些，整个车库实在是太空了，似乎连盗贼光顾的价值都没有，也许正是因为如此，当地居民也好政府也好，并没有费心在外面竖起围栏，甚至连一个简单的“No Trespassing”的牌子也没有。

这个扇形车库的废弃非常典型：煤炭被其他清洁能源取代几乎是科技发展的必经之路，而伴随着煤炭应运而生的周边产物如蒸汽火车、扇形车库等，随之一起退出人类的日常生活是不可避免的结果。

而纽约州另一个超大规模的废弃的交通系统则是著名的水牛城中央车站。始建于1925年，以装饰艺术风格著称的水牛城火车站于1929年正式开始运营，曾拥有超过1500名员工，顶峰时期每日接纳200辆火车及1万名乘客。然而，随着大萧条的到来和北美汽车工业的兴盛，火车站的载客量和运营车次一再下降，几经易手，最终于1986年正式废弃。

夹杂在一条仍在使用的铁路及美国邮局的仓库之间，再加上车站主楼（钟楼）已被保存下来作为各种特别活动举办场所，水牛城中央车站一直处于美国铁路公司和美国邮政系统的保安共同巡逻区域——当然了，双方各安其职，谁也不会多往对方领地里多看一眼。

听说我要去车站，来自水牛城的Rob叮嘱我：“关键是不要让火车司机看到你，他们一定会报警。”

——他说晚了，因为想拍日落，我已经在头一天下午强行进去了一次，不仅看见了站在车头里的火车司机，还兴高采烈地冲他们招了招手……

不过当时一场夏日大暴雨说来就来，刚刚扎好三脚架正在等光线的我只能狼狈撤退。现在想想，虽然不清楚那两个火车司机打没打电话，但我没见到警察很可能是由于自己和警察擦肩而过罢了。

第二天清晨不到4点半，只睡了3个小时的我涕泪横流地从床上爬起来，一边冲澡一边质问自己，一张日出的照片真的那么重要吗——最后的结论是一张对的照片真的非常重要，拍不到虽然不会影响我吃饭睡觉，但是强迫症驱使之下，我可能会反反复复回来直到拍到为止。所以与其偷懒，不如一咬牙一跺脚，也就穿

戴整齐出门了。

凌晨时分的水牛城比白天时要可爱：满大街游手好闲，既想从我这儿要两块零钱去买酒买大麻，又想顺便倒卖给我大麻赚点零钱的中青老年们现在还没起床；堆在墙角地上的酒瓶子咖啡杯已被清理干净，新垃圾还没来得及扔；由于前一晚的暴雨，整个城市在浅青暗灰的天色映衬之下显得非常通透；而那些位于市中心、废弃多年的建筑物在光线不足的时候，反而比正常建筑更辉煌庞大而有年代感——半明半暗之间，这个城市营造出了一种虚幻的假象，似乎它还活在自己的盛年时期，好的年代还没有成为历史，坏的年代也尚未到来。

从前一晚的洞口钻进去，趁时间充裕，我围着整个车站走了一圈。30年的废弃，使得大部分建筑已经残破不堪，窗玻璃这种东西似乎从来不曾存在过，植物争先恐后地挤进室内，在室内生根发芽，树木灌木和草丛和房梁房柱一样多。又有不知道从哪里来的泥土，在屋里形成高高低低的“山丘”。隶属中央车站的前铁路邮政快递大楼内，几个保险箱仍然立在办公室的墙角里，虽然里面早已空无一物；或许在这个室内小型森林里，它们更像是一个个树洞，除了秘密，没有什么值得锁在保险箱里的。

离日出还差半小时，我赶到乘客站台区的房顶，扎好三脚架刚刚站定，便听到一阵奇怪的音乐声，断断续续随风飘来，过了几分钟音乐声便消失了，再过几分钟又响了起来。虽然我确信自己上房的时候没有在附近看见其他人，目之所及也没有看到警报探测器，但这个时候也不是很确定自己是不是检查过每个角落：是保安，是其他探险者，还是我不小心触发了警报？匆匆拍了两张日出的照片，我翻身回了站台底层，在一堆废弃的零件之间，终于发现了音乐来源：一个手机。

这也许是我自探险开始捡到的最不可思议的东西。翻看了一下照片和短信，确认这个手机最后一次使用是2018年的5月25日，属于一个二十岁上下白人小哥，他约了一个朋友下班后一起来这个车站，之后或许是在翻窗户的时候手机掉了出来，但他没有发觉就离开了。当天晚上9点他的妈妈还给他发了条短信，问他几点回家。

手机里虽然插着sim卡，但早已没有服务，所以除了每天早上闹钟会响一阵儿，也就这么坚持了9天，直到我发现它，电量还剩9%。

◎ 空无一人的车站

4

全美废弃的交通系统并不只局限于纽约州。

我曾经拜访过保存相对完好的宾州废弃收费公路；也曾三番两次地去看过寂静岭那条画满涂鸦的州际高速；机缘巧合之下也曾潜入过密歇根中央车站，在福特把它买下以后，甚至有幸作为媒体代表被邀请拍摄了大众开放参观日。

到底什么叫“废弃的建筑”？

这大概是一个仁者见仁智者见智的问题。或许每个城市探险者对这个问题都有不同的答案。比如，有的探险者认为长时间无人居住的民宅可以称作是“废弃”建筑；但也有人

俄亥俄州一段废弃的高速公路

认为这种屋主仍然在世只是不知所踪的房屋顶多只能算是“闲置”，不能称作废弃。

这个世界上也许没有一座建筑算得上真正意义上的废弃。众多闲置的教堂学校，即使再破败不堪，门口也会竖着一块简单却具有法律效益的“禁止入内”警示牌。然而，如果你碰巧在维基百科搜索一些标志性的废弃建筑，比如新奥尔良六旗公园，上面既会注明“自2005年废弃至今”，也会注明“目前归新奥尔良工业发展委员会所有”，同时也标注了“公园安装了24小时监控”以及“擅自闯入者会被逮捕”等等信息。

同时，另一些所谓的废弃建筑，虽然所有权仍被政府牢牢地攥在手里，却早已被大众强行划为一个城市的热门旅游景点之列。最有名的例子是现已被拆毁的日本奈良县的Nara Dreamland（奈良梦幻乐园），因为太热门，权威的旅游指南*Lonely Planet*（孤独星球）也不得不把其作为废弃的主题公园列入日本旅游指南。而由于媒体的过度曝光，引得海内外的大量观光客造访及破坏，使得公园管理层不堪重负，最终决定拆毁这个盛名在外的废弃游乐场。

Chris和我曾就废墟的定义展开过讨论，最后他说：“There is a fine line between abandoned and vacant (一栋建筑究竟算是废弃还是算为闲置，这个界线非常微妙)。”

维基百科上对“废弃建筑”的定义是：遗弃的，不再有人持续地维护使其保持清洁及不再受损害。根据这个定义来看，很多废弃的交通系统并不是真正意义上的废弃，它们的所有权仍在当地政府手中，虽然停用，但无论是重修重建，还是再利用，都比其余废弃建筑更为快捷。

其中有些比较著名的废弃地铁、高速、站台等，已被重新利用起来。如伦敦的奥德维奇（Aldwych）地铁站，早已成为电影拍摄取景常用地，其中比较有名的如《V字仇杀队》、《赎罪》等；多伦多的Bay街底站常常被征用于电影节派对举行地；水牛城中央车站的主楼也已经留存修复，常出租给各大公司用于举办大型活动；罗切斯特地铁站和纽约南街废弃地铁都变成了涂鸦圣地。

但更多的废弃铁路、高速、车站，早已淹没在荒草和泥土之间，看上去和一段未经建设的乡间小路没有任何区别。

在罗切斯特地铁的另一半，有一段建在罗切斯特公共图书馆地下，与市政府曾经的排水系统融为一体，也就形成了一个不大不小的“水牢”。“水牢”面对着罗切斯特市中心人流如织的两座大桥，由于水流声过大，地面上机车和行人好像在演无声电影一般。

从“水牢”出来，就到了最著名的涂鸦隧道。除了被令人眼花缭乱的涂鸦覆盖，整个隧道还算是相对整洁，从头走到尾只需要5分钟，我却前前后后遇见了两拨青少年，无所事事地坐在墙上喝酒聊天。还没等我拍完照片，第一拨青少年便离开了。

走过涂鸦隧道，便是那个黯淡无光的地下世界的入口 。早在10年前，这段地下世界全长17公里。而待我进入之时，西边入口已开始填埋工程，地铁隧道缩短至不足8公里。而传言中住在地下，可与纽约“鼹鼠人”媲美的罗切斯特流浪汉，也早已不知所踪。我从进入地铁口到无路可走仅仅用了不到一个小时，尽头处分分明明，什么也没有。

而网上盛传的地铁于2017年已拆毁信息更是无稽之谈。废弃建筑更新换代速度很快，网上信息往往不仅过时，并且错误众多，就连Atlas Obscura这种大型网站，有些时候甚至连具体地址信息都是错的。我以前跟一个朋友聊天的时候说起来：如果想靠网上推手写的文章来找废弃建筑，成功率简直太低了，他们为了争取点击量，根本不在乎一个废弃建筑是否安全（有没有人在里面受伤），是否仍存在（被拆毁、烧毁、改建），是否被看管起来（有没有人被抓）。最好的办法是有当地朋友问问，哪怕是对探险不感兴趣的人，对自己身边的某个建筑物知道的可能会比一个对着电脑瞎编乱造的写手多——当然了，最好最安全的还是自己去踩点。

人在黑暗之中就爱胡思乱想——我一方面担心这个保存了近百年的地铁在接下来的半小时内会塌方，一方面觉得自己背后随时会跳出来一个人类世界完全不能解释的怪兽，几乎是连滚带跑按原路返回到了出口处，掏出来刚刚恢复信号的手机看看，出来耗时比进去少了将近一半。

而外面，那个我进入时阳光普照的世界，如今已在夜幕笼罩之下开始了它的另外一段生活。酒吧和饭馆早已争先恐后将桌子摆在了大街上，啤酒、炸薯条、烤肉，夹杂着夏夜特有的微醺味道一丝丝钻入我的鼻孔。再热爱独处的人也无法抗拒这样的诱惑。我迅速整理了一下行囊，顺着下水道爬上地面，义无反顾地投身于这群“唯有饮者留其名”党派和及时取乐大军阵营之中。

美国弗吉尼亚州

废墟美国 | Wandering through Abandoned Buildings in North America

荒草丛生的
总统头像墓地

当你在一片上下起伏的田野中蹚了半小时的泥水，在半紫深蓝的夜幕下跋涉了两三公里，突然看到四十几座、五六米高的巨大人像静静矗立在一片荒草丛生之间，你会有什么样的感觉?

“好像站在另外一个星球上。”

我轻声对Chris说道。

此时，太阳正在地平线之下，蓄谋着一场盛大而荒诞的日出。

在弗吉尼亚州靠近大西洋的一片荒原上，43座从华盛顿到小布什在内的美国总统半身像如幽灵一般耸立在高速路旁，默默地注视着每一辆过往车辆。其中大部分雕像由于日晒雨淋早已斑驳不堪，石像如皮肤一般层层剥落，留下每一任总统或是残缺的头发，或是泪痕一般的沟壑。

如此精心雕刻、却又任其在郊外瓦解崩塌——一面大力宣传“美国梦”，一面对这些曾经用以宣传的梦幻代表弃如敝屣。

狡兔死、走狗烹。这个腐烂的美国梦。

如果不是亲眼见到，很难相信在美国这样一个甚至利用爆米花电影宣传爱国主义教育的国家，会有这样的景象存在。2017年11月，当我和Chris开着车奔赴一个废弃机场时，途径这片荒原，立刻决定就此安营扎寨，趁天黑去会会这些巨大到有些失真的美国历史改造人。

1

1999年，休斯敦艺术家大卫·艾迪克斯（David Adickes）在旅行过程中看到拉什莫尔山国家纪念公园，有感于四座总统雕像——华盛顿、杰弗逊、罗斯福、林肯，和每年数以百万计的游客及其国家级的影响力，突发奇想决定修建另外一座以美国历史为代表的总统公园。

“我当时被拉什莫尔山的宏伟震撼到了，”艾迪克斯在2011年接受《华盛顿邮报》采访时说道：“在开车回程时，我突然想到，为什么我不能修建另外一座总统公园呢？我想雕刻一个既像拉什莫尔山上的雕像一样庞大，但却让游客触手可及，能仔细观看的总统半身像。”

艾迪克斯补充：“我是得州人。我们崇拜所有巨大的事物。比如自由女神像，从雕塑的角度出发并不算得上一件出色的作品。但是46米高，站在纽约港，可以说是很伟大了。”

◎ 日出时分的总统群像

从这个念头出现，艾迪克斯便开始积极寻找赞助商。在他一开始的设想中，既然是总统雕像，那么理所当然应该放在美国首府——华盛顿特区。然而在兜售数月、迎来了无数礼貌的拒绝和不那么礼貌的嘲讽之后，艾迪克斯终于放弃了华盛顿特区的想法，转而寻找离首府距离最近的合适买家。终于，来自弗吉尼亚威廉伯格小镇上的一对姓纽曼的夫妇愿意出资筹建这个总统公园。

斥资1000万美金，花费数年雕刻并申请执照，总统公园终于在2004年3月正式开始营业。然而好景不长，艾迪克斯和纽曼的美国梦很快便打了水漂——由于选址太过远离当地所有的游客景点，在其鼎盛时期，每年前来参观的游客也不过区区千人。在苦苦经营了数年之后，总统公园于2010年正式关闭。

为了补上巨大的亏空，纽曼及其他投资人决定把公园拍卖，其中包括4万平方米未开发的土地及43座无人问津的总统半身像。

1 | 2

1 林肯和日出

2 林肯脑后的大洞

2

2017年11月17日下午三点半，我们停好车翻过高速进入了荒原，七拐八拐刚上了一条能走的小路，一辆大卡车满载着水泥块就放慢速度跟在了我们身后。

我和Chris对视一眼，还没来得及找托词，卡车司机就摇下了车窗，面无表情地冲我们吼："Private property! Get out! Get the fuck out of here!（私人住宅！赶紧滚出去！）"

原路打道回府，走到小路尽头连接高速的地方，才看到那句熟悉的英文："Private Property. No Trespassing.（私人领地，禁止入内）"

虽然拍卖的初衷是将这些半身像销毁，但买下这块地的开发商汉金斯却于心不忍。他花了几万美金，雇人把这些总统像从公园旧址挪到了10公里以外一片他私人所有的荒地上。

然而却正是由于这次动迁，想保存并重开总统头像公园的愿望彻底化为泡影。要想挪动每只重达11吨的总统头像就只能用吊车，吊车工人给总统们开了瓢，用吊车抓住头像内的钢筋，硬生生拖着走了十几公里。一些头像在这次挪动的过程中失去了鼻子或者耳朵，而林肯，从此有了一个巨大的脑洞和一根直戳天际的钢筋竖在头后。

一位朋友在我拍的视频下评论道："好像暗讽当年的林肯枪击事件。"

3

第二天凌晨四点半，趁着天不亮我们再一次进入荒原。小路走到尽头，就剩下泥泞的田地，有的地方长满了半人高的草，有的地方被雨水填满，变成滑不溜秋的泥坑。月光并不是很明朗，而Chris则一直在懊悔没有带手电筒——并不是为了照亮，而是为了等一下给总统半身像打光。

而我，一边跋涉一边在犹豫自己是不是做了一个正确的选择：为了这些群像，我们基本上放弃了继续南下按原计划探访那个废弃机场的任何可能，而那两架相对而立的波音747，是我从探险第一天起就想去的地方——而这43座雕像，真的值得吗？

2016年2月，汉金斯开了众筹打算重新修复这些总统头像。虽然关于这里的报道五花八门，福克斯新闻甚至还专门做了一期节目，然而众筹的结果却令人吃惊：两年内他只募集到了1146美元，距离他的目标50万美金，差了十万八千里。

是这些群像不够吸引人吗？讽刺的是，废弃以后，这些总统头像似乎无意中完成了它们“活着”的时候应该完成的使命：无论是网络上，还是现实中，它们都吸引了比过去更多的“游客”，甚至不惜一切代价也要一堵真容。

凌晨5点，天色微微转红的时候，我们终于抵达了目的地。

40座我叫不全名字的总统头像静默地俯视着我们，或者微笑或者严肃，或者若有所思，或者面容冷峻。

而三巨头——开国元勋华盛顿、安德鲁·杰克逊及亚伯拉罕·林肯，则站在荒地的另一侧，像是想要带领这些曾经美国命运的改造者，再一次改造自己的命运。

1
2 3

1 盛大而荒诞的日出

2 3 头像的细节

1 | 2
  | 3

1“美国之父”华盛顿

2 3头像的细节

4

制作这些雕像的艺术家艾迪克斯，似乎并没有被这次失败的经历所打倒。另外两个总统头像公园，继第一个的惨败之后，纷纷动工起来。坐落在南达科塔州的公园已经关闭，至于另外一个，目前所有雕像仍堆积在休斯敦艾迪克斯工作室门外，未来命运如何，似乎尚未明确。

站在这些陌生造物之中，我还不如荒草高。试图爬上某个总统的肩膀，却连领子都够不着。

在遥远的地平线附近的太阳却不肯等人，缓慢地一点点爬升。天空从深蓝到浅紫，再到粉红，最后天光大亮、魔法消失。暧昧的晨曦把一层浅粉色涂在每一位总统的身上，又一点一点扯去这层面纱。

每一个瞬间拍出来的照片都不同。每一个瞬间都在和时间争分夺秒。我带着相机站在林肯面前的时候，太阳正从地平线上露出一个头角，林肯和他身后的42位其他总统一时间变得庄严肃穆。而那个通红的圆球，此时正带着一层一层淡金色光波从林肯的身前身后肩上掠过，消失融化在空气中，像轻烟，又像淡纱。

这也许是我人生中看过最不可思议的日出。

美国俄亥俄州

废墟美国 | Wandering through Abandoned Buildings in North America

克利夫兰：我与枪击案擦肩而过

“今日下午4时半，本市东区102街枪击案，一人死亡，四人受伤。”
我回到宾馆刚打开电视，一条滚动新闻就从屏幕下方跳了出来。
东区102街，正是我和Ben、Isabel、Blake今天探险的地方。

1 | 2

1 关门大吉的洗衣店

2 几近荒废的民宅

1

克利夫兰建市于1836年，坐落于伊利湖南岸，夏季有着充沛的降水。整个城市占地面积约214平方公里，人口总数却不到40万。

由于临水的便利，克利夫兰很早便成了北美制造业的中心。当年美国的五大财团都曾在此扎根，其中包括国人耳熟能详的洛克菲勒和摩根财团。因为1870年标准石油公司的创立，克利夫兰人口迅速飙升，在1940年达到本市的顶峰：100万人。而在那之后，这个繁荣的城市便走上了下坡路，随着全国经济一路下滑，加上1960年常常出现的种族骚乱，克利夫兰的财政在1980年前后出现严重赤字，失业率高达13.8%，成为美联邦历史上第一个需要向政府贷款的大城市，被人戏称为“五大湖上的一个错误”。

知乎上有一个回答在提到克利夫兰时，说到了当地人常讲的一句话：“We are not Detroit（我们不是底特律）!”虽然是句玩笑话，但是克利夫兰的衰败由此也可见一斑。

2018年2月的某日清晨6点半，我和Isabel以及她的男朋友站在麦当劳门口瑟瑟发抖，她偶尔羞涩地朝我搭一句话：“还行吗你？要不进去等。”我仰头朝她笑笑，表示自己还行。而她那个身高和她差不多、大约2米左右的男朋友Blake，更是羞涩而安静地站在远处，不仅不和我搭话，连和Isabel聊天也一惊一乍宛如一只小白兔。

大约10分钟前，是我们第一次见到对方真人。之前虽然在网上认识了两年，却是从未谋面的点赞之交。

这次的克利夫兰之行，我们已经计划了两三周——从搜集地点，到找一个三个人都有空的日子，再到打听分区治安，及更加细致地考察哪些废弃建筑尚未被拆毁，每样都不容易，每样都花时间。

到我们临行的前一天晚上，我的另外一个点赞之交Nick突然跳出来：“你们是要去克利夫兰吗？我有个当地的朋友可以跟你们一起。”

他口中的当地朋友，正是我们三个人现在在麦当劳屋檐底下等的人：Ben。Ben是个摄影师，克利夫兰本地出生，我从他的个人网站上看到他在克利夫兰爬高上低地玩儿了近十年，此行能有他一起是再好不过了。

2

克利夫兰最常见的可能就是空荡荡的大街。在阴暗的天空之下，非常像历史中正在经历大萧条的大都会。

街上的行人们也非常魂不守舍。在一些街区，禁酒令（北美严禁在公众场合饮酒）显然没有发挥作用，我亲眼看见有个不知是否是流浪汉的黑人大爷怀里揣着一瓶伏特加，走两步就掏出来灌一口，就连从我身边经过时，也只是用无神的眼睛扫了我一眼，就继续仰头看天地走远了。

在离我宾馆10分钟车程的地方有一个小卖部，十分全能地卖烟卖酒还能用餐，店门口竖立着一个牌子“内设ATM”。然而在这么一个几扇窗子都加装了层层铁栅栏的地方，不知道是谁才敢在这里取钱。

“嘿，我说咱们就直接过去。要是遇上抢劫的，我就把内存卡拿出来，然后他非想要我相机，我就给他得了。”Ben建议道，“反正我身上也没什么现金。怎么样？”

我闻言迅速把自己的相机往包的深处塞了塞。

10年前，进入克利夫兰的大部分废墟算得上轻而易举：不仅仅是由于保安的睁一只眼闭一只眼，更是由于业主在经

1 | 2

1 空荡荡的大街
2 ATM 机

历濒临破产之后纷纷外迁——自己都顾不上了，还管得着那些破房子破仓库吗?

但是从前几年开始，克利夫兰经济的缓慢回升（朋友分析可能是由于篮球）带着整个城市加入了美国其他各大城市的“安保时代”（the age of security）：市中心各处纷纷安装监控，几处大而著名的废弃建筑甚至雇用了保安。

然而危险并不仅仅来自于安保力量，在这个美国非裔占人口总数的44%的城市，暴力几乎随处可见。我第一日来独探时，为了看起来“不那么好对付”，自觉主动地给自己化了个浓妆，头发一半梳起来扎成脏辫，一半散着搭在肩上，手上贴了文身贴，时不时塞嘴里一块口香糖嚼着……

而我们今日要去的废弃教堂，恰好在克利夫兰东区——大部分城市安全问题的集散地。

3

走在克利夫兰大街上，几乎每三五百米就能看见一座废弃或状若废弃的建筑物。这么大规模的废弃建筑群在整个城市从东到西随处可见，不仅无人问津，更是任由它们腐坏却不进行维修，而业主们每个月还要投资几百到几千美金不等在安保力量上——这个钱花得真的值吗？

相比于其他城市——如纽约、费城、洛杉矶等地的废弃建筑，克利夫兰的建筑物在“死后”反而多了一重身份：电影取景地。

最著名的大概是曾用于拍《复仇者联盟》（2012）开头部分黑寡妇被审问的仓库。在拍摄过程中，剧组甚至在地板上开了个洞。电影中，这个洞似乎一个套一个，深不可测，摔下去必然粉身碎骨。然而现实中，这个洞只延伸了一层。

在我们当日探访的几座教堂中，有一座曾出现于由Netflix投资的《小恶魔》（2017年上映）。同样的，为了让这座教堂看起来更加破败、更像废墟，剧组在木质地板上砸了几个洞，拆下了十字架，涂花了玻璃。剧组离开后，这些

1 | 2
3

1《复仇者联盟》的拍摄场地
2 大门敞开着的教堂
3 偶遇一小哥哥的废弃体育馆

地板上的大洞又纷纷被填上，等待下一部电影投资人的出现。

当我们一行四人来到这座位于克利夫兰东区的教堂（废弃时间不详、名字不可考）时，发现不同于废弃建筑物，这座教堂不仅没有“No Trespassing”（禁止入内）警示牌，反而铁门大敞，似乎在欢迎着每一个付不起教会费用的教徒入内祷告。

我和Isabel对视一眼，这种开着大门、可以直接走进去的事儿我是从来没遇到过。但是直觉告诉我不太妙：既然开着门，那么能走进去的大概不止我们几人。

但是本着来都来了的原则，似乎应该走进去拍点照片才对。教堂正厅非常空旷，所有长椅已被拆除，神坛也已不知所踪。二楼剩下一台无法发声的键盘乐器。往里面走一点，却看到墙边扔着一个缠满绢纱的拱门，看样子不久前才有人在这里举行了婚礼——不知是和我们一样对废墟着迷的探险者，还是租不起正式教堂的穷人，抑或是来自于另外一个拍摄剧组。

我往往对教堂的附属学校非常感兴趣，拍摄完大堂以后就脱离了大部队独自行动，先一步进入了学校。然而，我刚走进简陋的体育馆，就闻到一股熟悉的大麻味道，大脑还没来得及分辨究竟是新鲜的大麻还是前一晚抽剩下的，体育台后面就走出来一个黑人小哥哥。小哥看到我吃了一惊，一时间竟没有说话；我，也由于大脑正在飞速运转思索是撤回去还是故作镇定而沉默了。

我们大眼瞪小眼看了对方不知道多久，我决定打破沉默，然而嘴里蹦出来的第一句话却是：“So, my English is fucking terrible.”（呃，我的英语可不怎么好）

1 2 | 3 4

1 学校走廊

2 墙皮脱落的楼梯

3 学校内的大礼堂

4 学校更衣室

4

为了方便探险，我入住的Holiday Inn（假日酒店）正巧在市中心附近（东区）。入住当时似乎有个歌舞剧的预演，整个酒店几乎爆满，充斥着带着孩子的白人爸妈或爷爷奶奶（在加拿大和美国一些戏剧演出前有几次比较正式的预演，这种预演和正式演出几乎一模一样，但票价却便宜得多，所以很多人会提前来看这种预演剧），乍一看热闹非凡。然而走出酒店，整条大街却十分萧条。尤其是天一黑，街上的行人几乎就消失了。入住3天，我每晚七八点钟出去买快餐，街上往往只有我一个人在慢悠悠地走着，路灯把我的影子拖得一会儿长一会儿短。

而酒店附近的两家快餐，麦当劳和汉堡王，不仅顾客全是黑人，连服务员也是一水儿的同样肤色。在麦当劳等饭的过程中，几个十一二岁的黑人小朋友嘻嘻哈哈地进来买饮料，看到我先是愣了一下，就继续在一旁打闹去了。其中有一个小朋友买了开心乐园餐，送了一块荧光手表，非常兴奋地和所有人炫耀了一圈之后走到了我面前，一视同仁地说："你看我的表……"

第二天在汉堡王吃饭的时候，只有我和一个流浪汉，各自安坐在餐厅一隅互不干扰。之后进来了一个全身作骑行爱好者打扮的中年男子，头盔上绑着一个GoPro，打量了一下我和那个流浪汉，就大咧咧地坐在了流浪汉同一张桌子上，时不时地朝流浪汉宣讲他的自媒体频道，最后流浪汉终于烦不胜烦地站了起来，拖着包袱出了门。我一看他目光灼热地朝我望过来，也忙不迭地扔了餐盘，赶上门外的流浪汉大哥。我们两个对视一眼，流浪汉大哥羞赧地笑笑，说："我还是第一次被别人搭讪……"

就像世界上的每一座城市一样，这里住着的每一个人也有他们的喜怒哀乐，细微的欢喜和巨大的不如意。也许他们并没有一生下来就含着银匙，后天或者也没有接受良好教育的机会，但每一个人，也都在努力挣扎地活着。没有任何人想给自己的生活找麻烦。你平等地对待他们，你也会得到平等的对待。

一天的探险结束后，我们在一个空地上靠在车上分享了一听啤酒。Ben问我们："为什么你们喜欢探险？玩这个你们都得到了什么？"

是啊，为什么会有一群人冒着从腐朽地板摔下去的危险、遭遇流浪汉或者被警察围追堵截的可能、甘愿被擦伤扭伤，也要去这些废弃的建筑物里拍照呢？

我没有听到Isabel和Blake的回答，然而对于我，除了发自内心地认为这些地方美丽，非常享受探险的整个过程之外，还有一点，大概是热爱与时间赛跑：抢在这些建筑被翻修、重建、推倒之前，记录它们在这个世界上最后的影像。至于从中得到了什么，可能很难说。给自己定一个目标，把自己推到极限试着去完成它、实现它，本身就是一种得到。而这个突破极限的过程，却仅仅是由于一种偶然——偶然地抓住了一个倏忽即逝的机会，便恰好发现了一个新的终结点，看到了隐藏在我们日常生活的城市B面。

而这个过程中可能遭遇的危险似乎都不值得一提。

前两天和朋友聊天，说到2017年夏天重回火车墓地时我一脚踏穿某节火车地板掉下去的事故，他开玩笑地说："You survived from your first fall（你活下来了），恭喜你正式入伙。"

番外：克利夫兰废墟漫游指南

目的地简介——

克利夫兰建市于1836年，坐落于伊利湖南岸，夏季有着充沛的降水。整个城市占地面积约214平方公里，人口总数却不到40万。

由于临水的便利，克利夫兰很早便成了北美制造业的中心。当年美国的五大财团都在曾此扎根，其中包括国人耳熟能详的洛克菲勒和摩根财团。因为1870年标准石油公司的创立，克利夫兰人口迅速飙升，在1940年达到本市的顶峰：100万人。而在那之后，这个繁荣的城市便走上了下坡路，随着全国经济一路下滑，加上1960年常常出现的种族骚乱，克利夫兰的财政在1980年前后出现严重赤字，失业率高达13.8%，成为美联邦历史上第一个需要向政府贷款的大城市，被人戏称为“五大湖上的一个错误”。

住宿时建议选择较大的连锁宾馆，如假日酒店、贝斯特韦斯特国际酒店，等等。

景点——

西屋冰柜仓库（Westing House）

周边危险程度：★☆☆☆☆

进入难易程度：☆☆☆☆☆

推荐级别：★★★★☆

建成时间：1890。废弃时间：1935。

克利夫兰最著名的废墟大概是曾用于拍《复仇者联盟（2012）》黑寡妇被审问的“俄罗斯”仓库。这个仓库位于克利夫兰东区，废弃前属于克利夫兰西屋冰柜厂，工厂因破产而废弃之后，除了拆除的厂房，三栋巨大的仓库被遗留下来，内部早已清空，除了偶尔长进屋内的植物，就是摄影师和各种剧组的不断造访。

在2012年拍摄《复仇者联盟》的过程中，剧组在仓库二楼的地板上打了个方方正正的洞。电影中，这个洞似乎一个套一个，深不可测，摔下去必然粉身碎骨。然而现实中，这个洞只延伸了一层。

在这里，你可能会遇上一拨又一拨来此拍建筑物或模特照的摄影师，甚至可能遇到“组团”前来参观的青少年，甚至来这里录MV的YouTuber。

建议夏日前来，墙壁上爬满植物的仓库非常苍茫而美丽。

“小恶魔”教堂（Baptist Church ）

周边危险程度：☆☆☆☆☆

进入难易程度：★★★☆☆

推荐级别：★★☆☆☆

建成时间：不详。废弃时间：不详。

克利夫兰废弃的教堂众多，大部分破坏严重，保护最好的可能是位于克利夫兰的苏必利尔大道附近的，曾用于拍摄由Netflix投资的《小恶魔》的教堂。

这座教堂从门外看非常不起眼，然而内部却比想象中的大许多。除了教堂正堂，还有一个附属的学校。学校废弃后被一个手工作坊用来充当仓库。内部值得拍摄的细节非常丰富，除了几间充满各式各样手工用具的房间，还有保存较为完整的钢琴和堆满圣经的地下室。

当然，由于保存完好，这座教堂进入难度并不低。同样的，由于周边居民区比较安全，邻居的警惕性也相对较高。如果想找一处简单的废弃建筑物“观光”，建议选择下文介绍的另一处进入相对容易的教堂。

威尔森中学（Wilson Jr. Middle School）

周边危险程度：★☆☆☆☆

进入难易程度：★★☆☆☆

推荐级别：★★★★★

建成时间：1905。废弃时间：2005。

建于1905年的威尔森中学，在鼎盛时期曾容纳过过千名学生。由于经费、生源、种族等种种问题，这座学校于2005年关闭之后便再也没有开放。学校大部分门窗均已被砸烂，留下一个框子空空如也。周围被栅栏围起来，只做了非常简单的防护便再也无人问津。

学校上下三层，值得探访的除了教室等，还有一个布满涂鸦的小剧场。因为废弃年代过于久远，所有能砸坏的桌椅板凳全部砸得粉碎，能搬走变卖的金属早已被盗贼洗劫一空，而其余无法砸毁或者变卖的部分均被喷上了涂鸦。

但是，如果你热爱层层剥落的墙皮，空无一人的教室，凌乱的剧院座位，这里是一个非常理想的初级到中级废墟爱好者的天堂。比起来教堂、仓库、剧院等，学校更大，建筑细节也更丰富，值得拍摄和探访的内容都不少。同时，由于周边相对安全，安保力量较弱，进入难度不高，所以，这个学校是在克利夫兰探访废墟绝对不能错过的“地标性建筑物”，也是克利夫兰唯一一座五星推荐的废弃建筑。

耶稣诞生天主教堂

（Nativity Catholic Church）

周边危险程度：★★★☆☆

进入难易程度：☆☆☆☆☆

推荐级别：★★★☆☆

建成时间：1926。废弃时间：1992。

这座由波兰移民建造的天主教堂位于克利夫兰东区，建成于1926年，废弃于1992年。教堂左侧的教会附属学校关闭于1972年。废弃20多年来，这座教堂破坏严重。它的正厅非常空旷，所有长椅已被拆除，神坛也已不知所踪。二楼剩下一台无法发声的键盘乐器。往里面走一点，却看到墙边扔着一个缠满绢纱的拱门，看样子不久前才有人在这里举行了婚礼。

教会学校通往二楼的楼梯早已被砸坏，一楼的室内篮球场的木质地板由于受潮而变形。然而，不同于其他废弃建筑物，这座天主教堂教堂不仅没有“No Trespassing”（禁止入内）警示牌，反而铁门大敞，似乎在欢迎着每一个付不起教会费用的教徒入内祷告。

虽然周边居民区的安全系数并不高，但进入这间教堂及学校却并不费什么工夫，甚至可以说非常“安全”。实在是一个非常理想的入门级探险地。

综艺剧院（Variety Theatre）

周边危险程度：★☆☆☆☆

进入难易程度：★★★☆☆

推荐级别：★★★★☆

建成时间：1927。废弃时间：2009。

位于克利夫兰的杰斐逊大街开业的这座以杂耍为主的剧院，于1927年开业。这座拥有1900个座位的剧院采用西班牙哥特式风格设计，包括一个管弦乐队表演台和一个大型更衣室。1976年被Russell Koz买下，改建为以摇滚乐表演为主的音乐剧院，其中，Slayer、Metallica、R.E.M，Motorhead等著名乐队都曾在这座小剧院内演出。

然而由于这座剧院的前身是以为了杂耍表演而修建的，所以在摇滚乐雷声震天的冲击之下，天花板和石膏墙壁在不停地破裂，以至于后期大部分乐队都只能降低音量。同时，由于隔音做得不到位，这座剧院不断接到邻居的投诉。到1980年后期，政府一纸禁令，彻底关闭了这座剧院。

剧院的天顶以蓝色坑状装饰为主，镶嵌有金色浮雕。大部分座位已然腐烂，然而，铜制的浮雕扶手却仍然完好无损。上下两层的剧院结构满员可容纳1900名观众，如今下层座位已被全部拆除。

如果你尤为喜欢废弃剧院，这里是北美铁锈地带绝对不能错过的景点。

华纳·斯瓦西天文台（Warner Swasey Observatory）

周边危险程度：☆☆☆☆☆

进入难易程度：☆☆☆☆☆

推荐级别：★★☆☆☆

建成时间：1920。废弃时间：2007。

这座天文台修建于20世纪初，1983年由于市区光污染，无法继续观测而彻底关闭。废弃多年，爬藤植物早已覆盖了天文台的外墙，大部分金属制物早已锈迹斑驳。天文台内部的结构由于缺乏维护，木质结构多半已然腐烂。而疏于看管导致的破坏也是惊人的严重：涂鸦盖着涂鸦，原本干净的墙壁早已消失不见，所有可以变卖的金属物品也被掳掠一空。同时，内部又被热爱纵火的“纵火犯”反复焚烧，以至某些内墙上停留着灰黑色的烟熏痕迹。

然而，废弃的天文观测站并不常见。两个球状观测台一大一小矗立在天文台的东西两侧，另外，主厅内画有黄道十二宫的祖母绿大理石地面，虽然被尘土覆盖，但仍然美轮美奂，值得一观。

废墟中的春节
——华纳·斯瓦西天文台

• 一座在历史上举足轻重的建筑废弃以后，没有相应的保护措施，在十几年内能被破坏到什么程度？

• 克利夫兰东区，顺着欧几里得大道往东走，在距离克利夫兰大学区6公里左右处，矗立着一座废弃35年左右的天文台：华纳·斯瓦西天文观测站。

1

1880年，精密仪器制造商华纳·斯瓦西公司在美国康涅狄格州成立。当时，仍是机械师的伍斯特·里德·华纳（Worcester Reed Warner）和业务员安布罗斯·斯瓦西（Ambrose Swasey）决定从前公司独立出来，单干。同年，他们搬到了当时建市不足50年的克利夫兰，在一片近乎荒原的市区内租下几间厂房，在卡内基大道和东55街之间建造了一家大型工厂，操起自己的老本行，承接起以炮塔车床及望远镜为主要业务的精密仪器制造业。

两次世界大战期间，华纳·斯瓦西公司的产品都受到不同程度的重用。时势造英雄，二战结束后，华纳·斯瓦西公司从无名小卒一跃成为美联邦知名的精密仪器公司。除了军事用途，他们也为许多领先的天文台量身定做了许多天文望远镜，其中包括美国海军天文台（U.S. Naval Observatory），及鼎鼎大名的加州大学利克天文台（University of California's Lick Observatory），19世纪末利克天文台拥有着全世界最大的射电望远镜。

与此同时，华纳·斯瓦西公司的成功很快地吸引到了克利夫兰当地的凯斯理工学院（Case Institute of

1 | 2
  | 3

1 冬天的天文台

2 3 涂鸦遍布的

天文台内部

Technology）的注意，成为其非常有力的信托伙伴之一。在1967年凯斯理工学院和西储大学合并成为凯斯西储大学（Case Western Reserve Universit）前，华纳·斯瓦西向其捐赠了许多价值不菲、意义非凡的礼物，华纳·斯瓦西天文台便列为其中。

由克利夫兰著名的沃克威客（Walkers and Weeks）公司设计并承建，华纳·斯瓦西天文台位于东克利夫兰高地上，远离市区和光污染。原建筑是一个简单而典型的原定塔式建筑，配备了华纳·斯瓦西制造的9.5英寸折射望远镜。虽然比起今日以镜面反射空间物体的光线形成图像，这只利用镜头折射或弯曲光线渲染图像的天文望远镜较为落后，但在当时，也属于时代尖端的创新科技产品。

而在其后的几十年中，随着科技的发展，华纳·斯瓦西不断给这座天文台更新着主要设备，并不断扩建：从最初那个简单的天文观测台，增建了另一个稍大一些的观测台，及一个用于教学的礼堂，一个简单的图书馆，一个模拟黄道十二宫和天体运行的装饰性大厅，多间办公室和教室，等等。

华纳·斯瓦西捐赠的第一台望远镜一直用到1941年才退役。随之而来的，是功能更加强大的Burrell Schmidt 牌24寸天文望远镜，安装在了后来扩建而成的较大的观测台内。由华纳·斯瓦西捐赠的第二台天文望远镜显然为天文台的研究工作带来了突破性进展，其中最著名的两则发现几乎人尽皆知：一则是在20世纪50年代天文台发现并证明银河系是一个螺旋星系，另一则是大部分红巨星的位置非常靠近银河系的中心。

然而伴随着这两项举世皆知的发现而来的，也是天文台的衰败：随着克利夫兰的迅速发展，城市带来的光污染逐渐变得无法克服。这不仅仅是华纳·斯瓦西天文台面临的挑战，更是大部分建造在城市附近的天文台遭遇的常见问题。同一时期，全球各地天文台迁址、废弃的例子数不胜数。华纳·斯瓦西天文台也迁址至距离原址以东约50公里的高戈郡（Geauga County），在此处运营直到1979年光污染变得再次无法克服，随后搬到亚利桑那州的基特峰国家天文台，并一直运营到了今天。

在两次搬迁之间，天文台旧址并未关闭，而是继续进行非观测性的天文研究，同时也进行着大学授课和面向大众的科普讲座。华纳·斯瓦西向天文台捐赠了最后一台36寸望远镜，这台天文望远镜被誉为全美最受欢迎的非研究性天文望远镜。服役二十多年，一直到1980年天文台彻底关闭才随之雪藏。同年，曾经盛极一时的华纳·斯瓦西公司也被奔德士公司收购，一起结束了一个世纪的传奇。

曾是克利夫兰甚至全美科研里程碑的泰勒路华纳·斯瓦西天文台，也如同许许多多历史遗迹一样，最终败在了无休止的城市扩张之下。自1982年正式关闭以后，这三十多年来，天文台始终静悄悄地立在东克利夫兰的高地之上，爬藤植物肆无忌惮地缠绕着门窗外墙，在天文学上如里程碑一般存在的两个巨大穹顶也早已破烂不堪，顺着破洞进入建筑物的雨雪更是对内部造成了不可挽回的侵蚀。

最终，无论是修复还是保存都化为泡影，2007年它的最后一任屋主由于经济诈骗入狱后，天文台正式废弃，由于无人看管，整座建筑无论是外观还是内部都迅速恶化，在不远的未来似乎只有拆除的命运在等着它。

◎ 夏天的天文台

2

当大门关闭之后，华纳·斯瓦西天文台的使命似乎并未结束。

自2007年起，随着屋主的入狱，天文台疏于看管，爬藤植物似乎在夏季到来之前便攀上了高墙，随着一年又一年的繁衍生息，逐渐覆盖了天文台的整面外墙。经过几年的风吹雨打，虽然建筑物的大部分仍然顽强地挺立着，但金属制物早已锈迹斑驳。曾经刷成天蓝色和深蓝色的两个观测台，分别象征着湛蓝天空和暗夜星空的两只半球体，先是褪成深浅不一的蓝绿色，接着又褪色到浅灰蓝色。左侧观星台的门口立着两个古罗马风格的石柱，石柱和其上的拱门结构虽然没有什么显著变化，但石柱下面的台阶由于积年累月遭受灌木草丛侵袭，早已歪七扭八，一些顽强的植物从阶梯之间挤了出来。

天文台两侧通向天台的阶梯，虽然由于缺乏维护，木头早已腐烂，却惊人地未曾倒塌。一些树木和植物缓慢地将楼梯底部包围起来，更有些爬藤植物顺着金属架子攀缘直上，俨然把这里当作了自己的游乐场。天文台正面刻着名字和历史的石碑在杂草和爬藤植物的掩埋之下，艰难地突破植物重围，仍在向每一个造访者讲述着20个世纪的宛如传奇一般的天文学研究成果。

直到2011年秋，天文台的正门尚未真正褪色，而半数以上的窗玻璃也仍然健在。虽然早已被世人遗忘在离市中心不到十分钟车程的地方，但华纳·斯瓦西天文台多多少少仍保留着自己最后一丝尊严。

2012年起，一些关于这个废弃天文台的照片和视频开始见诸网络媒体。美国有线电视新闻网（*CNN*），英国每日邮报（*Dailymail*），赫芬顿邮报（*Huffington Post*）等各大主流媒体，似乎突然发现了这一块绝世珍宝般竞相报道。大众也跟随着这些报道，一次又一次地对这个曾经在天文学发展上举足轻重、建造于一个多世纪前的天文台，发出阵阵惊叹。他们惊异于杂草丛生中的天文台，也惊异于隐藏在迷雾之后的半球观测塔，更惊异于为何一个如此重要的历史性建筑，在人去楼空后，竟会被弃如蔽缕，任其腐坏。

而负责东克利夫兰安全的巡逻警察注意到，虽然天文台表面上仍然死气沉沉，然而每次经过，总有一些不一样的小细节：先是窗玻璃一扇接一扇地被砸碎，接着是外墙上逐渐出现了拙劣的涂鸦，过了不久，涂鸦逐渐爬上了观测台之上，然后是观测台的金属外皮开始脱落，到了年底，连天文台的正门也彻底消失不见了……

然而这还仅仅是个开始，在2014年政府对天文台的评估中，评估员注意到天文台内部的情况远比外部情况要糟糕得多：大部分房间均已被糟糕的涂鸦覆盖，废弃后遗留下的办公用品和课桌板凳也全都消失不见，更不用提可以变卖的各种

◎ 空无一物的房间

金属物品。而在遭受了青少年的破坏，盗贼的掳掠之后，剩下的纸质文件等物又被一些热爱纵火的纵火犯反复焚烧，以至某些内墙上停留着灰黑色的烟熏痕迹。

但这还仅仅是人为的破坏，天文台由于年代过于久远又疏于照料，大部分天顶早已脱落，碎墙皮、水泥块、掉下的金属管道、木质结构，早已把走廊填满，人们只能深一脚浅一脚地在垃圾堆中前行。

这就是时间的噬人之处，无论其生前是多么重要的建筑物，在死后也无以逃脱终将破败的命运。

其中最让人痛心的，莫过于一块刻着黄道十二宫运行图的铜制圆盘的失踪。在2012年曾出现在英国《每日邮报》报道的照片中，这个圆盘呈孔雀蓝灰色，直径约1米，中间刻着玛雅风格的太阳浮雕，太阳外侧是代表黄道十二宫的浮雕，更外侧用万字纹装饰。圆盘镶嵌在正厅地面上，作为入口处那个覆盖了整个屋子地面的黄道十二宫装饰画的缩略版。

而当我在2018年2月第一次入内时，遍寻这块圆盘而不获，直到看到正厅地面上大小不一的大洞，才意识到，这块圆盘大概和其他许许多多历史性雕刻一起，早已被盗贼洗劫一空。除了让人惋惜，我只有默默祈祷当年把它拿走的那个人并没有把这个圆盘当成普通金属而廉价变卖，希望他至少卖给了某个对天文学感兴趣的收藏家。

在我不太长的探险过程中，这样的事情简直太常见了。

学校也好，教堂也罢，一旦废弃，最先光顾的一定是小偷，最先被洗劫的一定是各种金属。而另外一些特殊的废弃建筑，如医院、电厂、飞机等，能够变卖的东西就更多了。

位于马里兰的一所废弃医院，先来的盗贼把一种用于眼部治疗的特殊设备全部带走，在eBay上按每个1500美元的价格卖出。而位于哈萨克斯坦的废弃苏联暴风雪号航空载人飞船（详见尾声），当2017年底网络上曝光之后，也被不知哪个当地人以不到100美金的价格在网上大肆变卖飞机上的零件和刷有涂装的金属外皮，美其名曰“一份你自己关于苏联的记忆”。而我的一个朋友在探险费城的里士满电厂时，不幸正面遭遇4个带着编织袋前来拆卸金属零件的盗贼，为了自保，他只能帮这些盗贼扛了一袋子赃物出厂。幸运的是，出门并未碰见保安或者警察，否则他将按盗窃罪论处。

这是一些非常极端的例子，而另一些模糊在黑与白界限边缘的例子，往往是废弃的图书馆、废弃的民宅、废弃的商店等——我最常被问到的问题是：从数千

1
2 3

1 天文台内部

2 堆满家具的房间

3 不知是何用途的记录纸

本废弃的图书中捡两本回家，算是盗窃吗？从废弃民宅里拿走一只最普通的杯子，算是盗窃吗？从废弃的商店里拿走一支钢笔，算是盗窃吗？

事实上是，所有不经过申请而从废弃建筑物中拿走不属于自己的物品的行为，全部属于盗窃。

2018年夏天，我在偶然发现的一个废弃农庄里，见到了一只打猎者家中常见的挂在墙上作为装饰的巨大鹿头。鹿头保存状况相对良好，毛发栩栩如生，甚至连睫毛都根根可见，但农庄废弃多年，虽然没有人类造访的痕迹，但动物的粪便到处都是，应该废弃了不止三五个冬天。

鹿头高约1米，鹿角和我手臂一样长，非常壮观。我把照片发在网上，立刻有人问，这个可以带走吗？应该挺值钱的吧。

同样的，当我把甲壳虫墓地（见甲壳虫墓地一章）的照片发在网上以后，隔三岔五地总能收到来自于甲壳虫车主或者私人车工坊的咨询邮件，询问甲壳虫之家的地址，表示自己可以去回收这些汽车，可以将其修复。而他们没有出口的潜台词则是：修复后可以放在自己的车行变卖，应该是一笔不小的收入。

行走在城市探险这个本就处于法律模糊边缘的领域，有许许多多看上去定义不那么清晰的行为，比如本章所述的从废墟中拿“纪念品”，在墙上留名或留类似于“到此一游”的字样等，乍一看仿佛无伤大雅，其实早已在一片深深浅浅的灰色地带中，越过了那条界线。

◎ 天文馆内用于教学的小礼堂

3

2018年2月的一天，我一个人开车南下，除了这栋废弃的天文台，还计划了许多其他废弃的建筑物，在地图上扎满了密密麻麻的图钉，4天的旅途安排得满满当当。同时还约好了克利夫兰当地的Ben、Isabel 和她的男朋友Blake，因为是第一次和纯网友一起去探险，心里有点紧张，也有点激动。

2017年4月和Chris作为同伴第一次潜入圣卡瑟琳医院之前，我的所有探险几乎都是独探；即便是搭档合作，由于时间安排不开或者兴趣不同，很多时候是我仍然是独自前行。独探在某种程度上既有便利之处，也有不那么方便的时候。方便的是自己一个人，行动不受限制，想在里面待多久就待多久，想去哪里就去哪里。直到今天，独探对于我来说仍有不可抵挡的吸引力，一方面是在走走停停缓慢地移动过程中，能发现一些前人不曾发现的细节；另一方面是，拍照时有些实验性的想法，一个人实现起来反而比较容易。

而独探的不便之处也非常显而易见：不安全——无论这个危险是来自于建筑物本身还是人为。从不独探的Ben有一句话对于这种情况概括得非常到位："当你的眼睛看着相机的时候，最好有另一双眼睛帮你看着其他方向。"而且，一个人还是两个人在废墟中遇上流浪汉的结果可能会非常不同。退一万步说，假如真的受伤了，有个能跑着去请求救援的同伴，大概也会增大自己的存活率吧！

当然了，能遇上一个合拍的同伴也是可遇不可求的一件事。想找到一个兴趣相同，拍照节奏一致，又聊得来，愿意吃苦的朋友，简直和遇到真爱一样难。

2018年初的我立定心思打算减少独探的次数，所以克利夫兰临行前几周，便联系了在网上认识了两年的Isabel和Blake，到了头一天晚上，Nick又给我介绍了克利夫兰本地的Ben。因为从来没和Ben聊过天，所以当时心里有些疑问，但因为Nick是个好朋友，抱着"就算聊不来，顶多没有下次了"的想法，也就勉强地和Ben交换了手机号。当时的我完全没料到，在第一次克利夫兰之行以后，Isabel和Blake逐渐消失在了网络之中，反而是当时并不那么熟悉的Ben，随着时间推移，竟然变成了无话不说的好朋友。时隔5个月，当我再一次造访克利夫兰的废墟时，Ben推掉了一场婚礼的拍摄来见我。虽然只是第二次见面，但却有一种和老朋友久别重逢的感觉。

人生像是一场游戏。

2018年第一次拜访这个废弃天文台时，我的足迹已经遍布铁锈地带的大部分城市，除了冷却塔，其他大类型的废墟如学校、工厂、教堂、剧院、医院、蓝色地平线拳击场等基本都涉足过了，甚至已经完成了第一次受伤到痊愈的过程。

所以当我第一眼看到这个废弃的天文台时，兴趣并不是很大。从外表来看，这个建筑物有点小，却已经破坏得面目全非，站在外面就能看到的涂鸦、缺了一半的房顶、全部消失不见的玻璃，几乎在无声地告诉我，里面一定早已空空如也，不会有什么从代表着这个建筑物历史的细节遗留下来了。

唯一支撑着我进入拍摄的理由，是自己还从来没去过任何废弃的天文台。根据自己建立的数据库来看，北美洲大陆上另外几个值得拍摄的天文台都在南方，所以进入之前，我安慰自己，"别抱太大期望，权当聊胜于无吧"。

而内部也确实如我预料一般：所有历史细节早已被破坏殆尽，墙皮已经脱落，砌墙的水泥也开始一块一块地脱落，地面上值得一看的装饰根本和混凝土混成一团，丑陋的涂鸦覆盖了从地面开始到一人多高的所有墙面，有些只是用恶劣的喷绘字体写着脏话，而另外一些用更恶劣的字体咒骂前面留下涂鸦的人——说

◎ 黄道十二宫运行图

不好谁更愤怒一些。

除了花费了许多时间寻找那个已经失踪的铜制圆盘，我打着手电筒研究了许久正厅地面上那个原本应该是水蓝底色，金色图纹的黄道十二宫运行图。除了白羊座在门边，没有被从天花板脱落的水泥覆盖住，其他全部被掩埋在了尘埃之中。值得庆幸的是，一队来自克利夫兰当地的探险者，在2018年夏天花费了8个小时，将正厅清理打扫干净，让地面上那个美轮美奂的黄道十二宫运行图重见天日。一得到消息，我立刻开着车跑来了克利夫兰，亲眼见到地面上水蓝色图样的时候，我几乎激动得热泪盈眶。其中发起打扫活动的带头人Johnny是Ben的朋友，听说我要来，也出来见了一面，我问他为什么想到要打扫时，他说：看到一个如此恢宏的历史建筑被弃如敝屣感觉很心痛，其实之前2013年的时候就试图清理过一次，不过没有成功，因为当时只有他和一个朋友单干，不像这次参与者有6人之众。

时间转回2018年冬。铁青色的天空中乌云密布，气温始终徘徊在零下10℃左右，天文台内部非常暗，我打着手电筒仰头在天花板的一片狼藉之间寻找着早已被除名的冥王星运行轨迹，直到意识到这套壁画可能由于年久失修而早已剥落，才放弃寻找，转向天文台内部的图书馆。

不出我所预料，图书馆也已被人类和时间一同洗劫一空，连书架都不曾留下，乍眼看起来只不过是另外一个空荡荡的房间，布满难看的涂鸦。同样的情况几乎存在于建筑物内的每一个房间。无可奈何之下，我只好从窗户爬到天台上，对着两个半球体的观测台一顿猛拍，期望其中至少有一张照片可以对得起自己冻僵的双脚。

在拍无可拍之际，天空零零星星飘起了小雪花，一刹那间，我竟有点感激这个糟糕的天气替我做出提前结束拍摄的决定。

把背包和相机扔进车里，打开暖气搓着手脚，正在想去哪喝一杯热果子酒，连上车载充电器的手机突然亮起来，一瞬间涌进来了几十条消息：“春节快乐！”“狗年大吉”“身体健康，万事如意”“拜年啦，祝阖家欢乐财运旺……”

此时我才意识到，这一天是大年夜。看看时钟，已经过了午夜12点，本应坐在屋内煮饺子的我，在跨年的那个瞬间，是在一座废弃的天文台内哆嗦着打着手电筒，四下寻找一个早已失踪的、刻着黄道十二宫的浮雕。

真是一个令人难忘的除夕。

两界之间的过渡地带
——探访废弃殡仪馆

◎ 另一座位于芝加哥的废弃殡仪馆

• 克利夫兰东55街，在一片绿树掩映之下，一座不太起眼的白色房子夹在一间浸信会教堂和一个市民公园之间，夏日午后的阳光从树影间斜斜地漏在房顶上，沿着房顶和墙壁画出一片斑驳发亮细细碎碎的光影。整条大街经过一整个上午的灼晒，蒸腾出的热气令人难以呼吸，而没有树影遮蔽的地方，阳光如刀背一样打在行人的头上和后背上。克利夫兰的下午并不是那么令人愉快。

• 但如果你向白色房子挪近些，片刻之间，你便能感受到一股瘆人的凉意，从房子里一点一点漏出来，就像是……从夏日午后一步跨进午夜墓地。

• 没错，这座白色的房子是一座废弃的殡仪馆。自一个多世纪前起，住户不断自杀、“闹鬼”、撒旦教现身等的传闻，在其尚未改建成殡仪馆时便口耳相传于当地居民之中。时至今日，这些传言不仅从未消失，反倒随着馆主的去世、殡仪馆的废弃而愈演愈烈，大有成为寂静岭之后美洲大陆上第二个异世界的入口之势。

1 | 2

1 殡仪馆内的雕像

2 用于举行告别仪式的大厅

1

2017年11月，克利夫兰警方接到一封投诉，要求驱逐目前居住在东55街“遗嘱之家”的屋主Eric，因为他们怀疑Eric私底下是个撒旦教徒，不定期在使用已经废弃的殡仪馆做一些“血腥活动”。

在一个相对不那么太平的城市，只要不是枪击案或安置炸弹等其他威胁到公众安全的行为，警方并不太会认真对待这类投诉。在没有得到满意答复之后，这位觉得自己人身安全受到威胁的邻居，先后拍摄了数个抗议视频，发到各大网络平台，又召集邻居进行游行示威。最后终于引起了克利夫兰当地新闻电台的注意，对这个小小的“邻里矛盾”做了整版报道。

在2016年期间，遗嘱之家“闹鬼”的传闻愈演愈烈，在这个风口浪尖上，Eric把整间大宅挂在了爱彼迎（Airbnb）上，以200美元一晚的价格出租，专为别人提供“不同寻常的血腥体验”……

在北美铁锈地带探险，“遗嘱之家”是个绕不过去的存在。从2017年秋开始，我在不同的时间点反复尝试进入这间殡仪馆，均未成功，直到2018年初认识了Ben，才听说擅闯此处完全是不可能的，一来是因为此处的状态虽然仍处于“废弃”，但屋子已经被Eric买下来，所以是有屋主的；二来是因为此处刚易主时，几个青少年以为这里还处于废弃状态来偷东西，听到在阁楼工作的Eric的响动，以为是流浪汉，恶作剧地把他反锁在了阁楼里。从此以后，Eric特别讨厌擅自闯入者，不仅安装了监控和警报，而且每次发现闯入者，都会以最高罪名起诉。久而久之，来这里探险的人越来越少，这个“遗嘱之家”也就变成了一个神秘莫测的传说。

2018年初夏，在反复被爽约多次以后，我终于通过Ben约上了这个鼎鼎大名的“遗嘱之家”现任屋主。一方面想看看这个又“闹鬼”又是本州撒旦教中心的“遗嘱之家”到底什么样，另一方面对Eric真人也无比好奇……

2

遗嘱之家殡仪馆建于1904年，是当地建筑师Frederick W. Striebinger 的杰作之一。“遗嘱之家”（House of Wills）名字的另一层意思是威尔斯之家，得名于创立人威尔斯（Wills）和他的夫人吉（Gee）。而后殡仪馆几经易手，最终被威尔斯家族内沃特·威尔斯购下。在克利夫兰的历史上，沃特威尔斯是一个非常著名的黑人企业家。接手殡仪馆后，改迁、扩建、增加分馆，威尔斯轰轰烈烈做了几桩大事。在那个种族歧视极其严重的年代，大部分黑人死后连一个正经的悼念场所都没有，威尔斯此举不仅奠定了殡仪馆在克利夫兰的政治和经济地位，更使得殡仪馆永久地留名于美国非裔史之上。直至今日，遗嘱之家殡仪馆都是克利夫兰最古老、也是最成功的美国非裔企业之一。

1942年，“遗嘱之家”正式迁入克利夫兰东55街上这座被刷成粉色的大宅。在此之前，这里曾是一座犹太移民的医院，运营长达30年，直到几桩自杀案的发生，使得医院不得不关门大吉。非常有意思的是，犹太人的医院关门之后，此处被改建为一所德国俱乐部，俱乐部增加了一个非常漂亮的大堂作为歌剧舞台。大概就是在这个时期左右，大宅“闹鬼”的传闻逐渐流传开来。一百多年过去了，当年“闹鬼”传闻的起源和真实性已经无法考据，有一说是在歌剧表演过程中观众能听到除了表演以外其他的歌声，还有一说是地下室在夜晚总会有白色的雾气出现。

然而，无论当年的传言是真是假，德国俱乐部最终还是搬到了别处，而这座大宅也廉价售出，于1905年被威尔斯家族买下，并于1942年改建成遗嘱之家殡仪馆。

殡仪馆运营期间，除了接待正常的葬礼、追悼会等服务，在很长一段时间内也作为克利夫兰地区人权运动的活动中心。居住在殡仪馆楼上的沃特·威尔斯自然是人权运动的先锋之一。

然而，再辉煌的历史也无法避免终结的一天。1971年，96岁高龄的沃特威尔斯死在了自己卧室中，至此，一度已然平息的传闻又大肆兴盛起来，就像是曾经游荡在此处的魑魅魍魉由于忌惮沃特·威尔斯的存在，而收敛了七十多年。

◎ 阳光照射下的房间

加之此处作为一处殡葬之所，接待的目标顾客是一个愿意相信有死后世界的群体，“闹鬼”之说自然影响到殡仪馆的生意，促使威尔斯家族于1982年在别处开设了新馆。

然而，“遗嘱之家”的生意逐渐下滑已经无法避免。提前收了钱最后不提供悼念服务、顾客订了特制棺材最后却得到劣质品，“遗嘱之家”曾多次被送上法庭，勒令退回数万的订金和服务费。

而旧馆一半作为威尔斯家族的住处，一半作为殡仪馆勉强支撑数年，最终于2004年入不敷出正式废弃。在废弃期间，一名男子曾在此处中弹，并在旧馆门前的台阶上流血到身亡，而他，作为死在这个地址的最后一人，似乎在死后也加入了传闻中愈演愈烈的“鬼怪”大军。

除了传言中常出现的幻影和脚步声，之前在德国俱乐部时期的迷雾和影子人也反复出现。曾有团体声称，一个无实体的声音逐个叫出了团体队员的名字。而在另一个团队调查过程中，有人通过特殊设备观察到地下室的棺材屋有大小不一的能量涡旋。

从2005年到2010年之间，曾有各种敢死队及调查团体，试图在此处开启一道通往奇幻世界的大门。这些活动直到2010年Eric买下大宅，才慢慢告一段落。然

◎ 通往殡仪馆阁楼的楼梯

而，可能由于“遗嘱之家”的名声太响，无论Eric怎么反对，总有团队开出一个无法让人拒绝的条件。所以，每隔一段，总能在网上看到关于此处的奇特现象调查纪录片。

2011年有一个叫作Fringe的团队，对殡仪馆内频发的现象调查研究后，曾写出了如下结论：

“……无可否认，我们的调查过程非常有意思，不仅因为这座大宅的建筑和历史，更是因为它为那些研究未知的人提供了一种可能性。 虽然我们并没有遇到任何过于特别的事情，但调查过程中遭遇的一些有意思的现象，使得我们开始计划下一次重返此处…… 这个大宅很有可能在未来几年变成一个现象频发之处。当然，我们将根据柯林斯超自然指数标准对此进行评级，评级结果容后公布。”

而Eric对此不置一词，只是简单地开了两句玩笑：“我要是早点开始对这些调查团体收费，可能现在已经是个亿万富翁了。”

Eric正如采访中一样，非常幽默，也非常聪明。黑色T恤和黑色下装，开着一辆银白色的宝马跑车，彻底打破了我之前关于“艺术家不挣钱”的错误印象。在他的内空4米的会客厅中，堆满了他的收藏品，有些是撒旦教创始人的私人物品，有些是来自于各种邪典电影（Cult Movie）的道具，还有一些Eric解释了半天，然而在我看来只是不同的大型玩具……

简单地参观了几间屋子之后，Eric一屁股坐进落地窗旁边的红色丝绒沙发里，掏出一只雪茄，点燃后猛吸了一口，在烟雾后面朝我笑笑，说：“坐吧。”

事后我和Ben聊天时提起对Eric的印象，我说Eric像是一只化为人形的龙，而那个会客厅像是龙的巢穴，里面堆满了龙的宝藏。（西方传说中的龙非常热爱收集珍宝。）

对于邻居的投诉，Eric说：“根本没有必要，这简直是下下策，我倒宁愿他直接来问我。当然了，这次报道对我的工作是个正面宣传，我是无所谓。”最后两个人在媒体的主持下面对面聊天和解之后，投诉的邻居回去又重新拍了视频表示误会解除，“Eric is a nice guy（他是个好人），是我太武断了”。

问起来之前为什么想做民宿，Eric笑了笑解释道：“是我当时那个女朋友的主意。她一手包办，我没有反对。其实整间屋子除了我的会客厅以外，并不是很适宜住人，房子太旧了，没法儿长期通水，也没装空调。有的地方密闭太久，空气挺差的。大家来预约，不过是图个新鲜罢了，‘跟尸体睡一晚’，听起来就刺激。”

3

◎ 在殡仪馆地下室帮我打光的Chris，此处曾用作棺材展示厅

2018年6月中旬的一天，我和Chris、Ben和Justin终于站在了这栋我梦寐以求的殡仪馆面前。

克利夫兰的夏日和冬日除了过于毒辣的阳光以外并没有太大的区别：空荡荡的大街上时而走过几个行人，稍微远一些的市民公园有无所事事的人在遛狗，附近的民宅里似乎都住着没有工作的人，工作日下午两点，家家户户都敞着门，摆出两三把椅子在门廊上，穿着背心短裤沉默地坐在那里瞪着这四个从头到脚黑衣黑裤，扛着三脚架、照相机、摄影机，看起来“非常不怀好意”的不速之客。

经过几个星期的死缠烂打，Ben终于帮我约上了Eric。本来说的是周四下午三点，到了周四早上突然改成周五下午两点，幸好我吸取了之前被放鸽子的教训，提前预留了两天，否则这次南下又是白跑一趟。

第一次体验到Eric反复无常的Chris感叹道：“真是你想给人家送钱，人家都懒得收。”

在所有的废弃建筑物中，有一批建筑物处于这种假废弃/半废弃的状态：无论是在维基百科还是在谷歌搜出来的信息中，均标明“永久关闭”或“已废弃”，并且无人修缮管理，但是它们却有屋主，不能像正常废墟一样“进入”。擅自进入的代价往往很高：屋主知道这个地方是个“众所周知”的废墟，会特地加装警报器和监控，一旦抓住擅自闯入者，都会毫不留情地报警。

对于这类废弃建筑物，我私下里给它们分了个级：

第一级是在探险圈内人尽皆知的地点，屋主对我们这类人也是睁一只眼闭一只眼，只要没有什么破坏、涂鸦、盗窃的事情发生，偶尔见到那么一两个扛着专业相机进入的探险者，也就算了——报不报警完全凭心情，心情好的时候，还能上来和我们聊两句。

第二级是已经出了探险圈的地点，普通人和大众媒体看到照片会感叹“咦，这个地方好眼熟”。在这个级别中，屋主会开始加装各种报警系统，有钱一点的甚至会请保安；对前来拍摄的人不定量、没有标准、完全凭心情地收费，但是却不是每个愿意付钱的人都能有机会进去拍摄，比如电影《洛基》中的蓝色拳击运动场，《超感猎杀》中的废弃教堂，等等。

第三级是被大众周知的地点，曾多次在电影、新闻、视频中出现。这个级别的废墟往往已经规范化收费，或者已经成为旅游景点，比如日本军舰岛、浙江嵊山岛、切尔诺贝利核泄漏后的普里皮亚季、德国奥斯维辛集中营遗迹、火山喷发后的庞贝城遗迹，等等。

如果按进入的难易程度对这三级废弃建筑物进行排列，最容易的当然是第三级，其次是第一级，最后是完全凭运气的第二级，遗嘱之家殡仪馆恰好是第二级。

废弃多年，“遗嘱之家”曾经的粉色已经完全剥落，还原出曾经的灰白色外墙。大宅正面的拱门并未来得及修复，横七竖八地躺着一些从拱门上掉下来的铁架子。红漆大门却没有褪色，多多少少仍维持着几十年前的旧貌。

正门之后是一条长而暗的走廊，走廊两侧是许许多多古埃及或者古希腊的雕塑，歪七扭八地堆在那里。幽暗之中乍一看有些恐怖，然而走近了却发现这些只是塑料制品，不知道是当年殡仪馆运营期间遗留下的物品，还是Eric自己买来随手堆在门厅的。

穿过门廊是一个巨大的殿堂，宝石蓝色的天顶，明黄色的墙壁和天顶上一个巨大的大理石雕刻的吊顶装饰物统统来自于德国俱乐部时代。威尔斯家族将这里买下之后，这个曾用来进行歌剧表演的大厅几乎原封不动地挪作了葬礼进行处，只在原来的基础上增加了讲坛及装饰用的红色帷幕。

据说废弃之后，殡仪馆的房顶曾一度坍塌，一旦下雨下雪，整个屋子就会泡在雨水之中。显然，中间五六年的废弃并未影响这个殿堂的美感。除了一些脱落的墙皮和天花板，落满灰尘的帷幕，其余几乎和当年运营时一模一样，甚至连讲坛前面那块印着“遗嘱之家”的方毯都原封不动地保存了下来。

地下室的棺材房早已被清理干净。这里曾经用来摆放各种“样板棺材”供人挑选，威尔斯领着顾客从头走到尾，介绍各种棺材不同的特性。20世纪末当“遗嘱之屋”迁至新址时，大部分棺材随之迁入新馆，剩下几具因为过时而没被带走的棺材，如今停放在Eric的会客厅里。

进入以后，我们4个分头行动，消失在了殡仪馆的不同房间。按照自己的旧习惯，我一马当先爬到了阁楼里。被买下5年多，大部分房间已经清理干净。其中一间屋子里面扔着一块旧草皮，据说是以前威尔斯自己的客厅。而另外几间屋子几乎都带着锁——“上锁的屋子不要进，”分头行动前Ben叮嘱我，“有的屋子是Eric私人房间。”

仍是旧习惯使然，我每道门都试着推了一下，推不开的没有硬闯，但其中一扇散发着蓝莹莹光芒的房间的房门却是虚掩着，轻轻一碰便开了。好奇探头进去，立刻被窗边一副宛如恐怖片中的画像吸引住了目光。画像中是一个黑眼圈严重、衣着发型仿佛18世纪末期的小女孩，镶嵌在一个椭圆形木质相框中，相框架在一张幼儿饭桌上；画像背后是一架微型秋千，秋千上莫名其妙地坐着一个穿着红色衣服、蓝皮肤、胖乎乎的玩具娃娃；秋千旁边放着一个造型复古的婴儿床。

离远了看，画像中的小女孩好像是闭着眼睛的，等走到近处，才发现是因为小女孩眼白比较多，而黑眼圈又太过严重造成的假象。

我翻来覆去研究了半天画像，等一转身才发现，门后的一整面墙上摆满了不同年代、不同风格、造型各异的娃娃，从手工木偶到冰河时代，到南方公园，到翻着白眼的人偶——整整一面墙的娃娃，在蓝光的映衬之下，显得说不出的诡异。

我强忍着把手里的相机扔出去、尖叫着跑下楼找Ben的冲动，走到柜子前面，壮着胆子捏了一下其中一个娃娃的胖腿，一丝凉意从指尖传到发梢，我觉得自己整条胳膊的汗毛到右半边的头发都竖了起来。

终于我放弃了挣扎，一路尖叫着跑下楼找Ben去了。

等我拽着Ben重回这里，Eric已经上楼把这间屋子锁了起来。“最开始这里是去世的小孩子葬礼之前的最后一站，有的时候父母会带两个玩具来，有的时候玩具跟着小孩子一起进棺材，有的时候玩具就被留在了这间屋子里，所以你看到的有些年头的娃娃基本都是过去的遗留物，”Eric解释说，“后来我的几个女儿特别喜欢这间屋子，她们偶尔也会带点玩具来，我就也顺手摆在这儿了。这间屋子属性有些私人，所以一般都是锁住的，你们可能是第一批看过这间屋子的人。”

1 | 2 3
  | 4

1 曾用来停放棺木的地下室

2 3 4 存放过世小朋友娃娃的房间

4

从殡仪馆出来的时候已经是下午六点半，比原定的两个小时长了许多。

站在已经开始有草籽钻出水泥地面的停车场里，我问了Eric最后一个问题："为什么你会想到要买这个殡仪馆？"

Eric想了想答："原因挺多的，除了比较实际的原因以外，最主要还是因为我真的很喜欢这里的建筑风格，而克利夫兰当地政府却决定把它拆了建停车场。2010年我的经济状况也不是那么好，但是想了想还是咬牙把它买下来了。但是直到现在，把这里改成停车场的动议从未撤销过，政府一直在等着我哪天交不起税了，宣布破产了，就把房子收回。可以理解，毕竟是市中心，赚钱的地方。但是你看，这个房子自从19世纪就站在这儿了，等我死了，我希望它还在这里站着，而不是一片空荡荡的、没有历史感的停车场，你觉得呢？"

◎ 拜访过的另一个殡仪馆，位于芝加哥

美国印第安纳州

废墟美国 | Wandering through Abandoned Buildings in North America

我的账单付清了吗？
——贯穿铁锈地带的废弃银行

“在所有建筑物中，你觉得最不应该/最不可能废弃的类型是什么？”

2016年和一个朋友聊天时，在互相交换了“在所有废弃建筑物中，你最喜欢哪一类废墟”和“你拍的第一栋废弃建筑物是什么”这两个问题的答案之后，他向我抛出了这个终极性问题。

那时候我去的废墟还并不是很多，去过学校和工厂，短暂地造访过几个剧院和教堂，怕黑，没敢在里面停留太久，天花板偶尔掉下来一块墙皮我都能跳起来，觉得身后好像站着个人。花了整个夏天在安大略省的郊区到处开车转着找废弃的农场、废弃的民宅，蹲在别人曾经的家里、如今的满地狼藉之中，翻看没有带走的情书，从相册里掉落的几十年前的黑白老照片，中学生的作业题，没有付清的银行账单，一看就是一个下午。

我犹犹豫豫，想了想，回了条消息：“可能是银行吧？”

1

现在回头看看，我当年的想法简单得有些可笑：银行有钱，有钱就不可能废弃。然而仔细想想，宣布破产的银行并不在少数，尤其是非公有银行，在各个时期的经济危机和行业竞争与倾轧之间，不仅是破产，甚至连商号彻底消失的例子也屡见不鲜。我不禁有点感激当时朋友的不嘲笑之恩。

但如果换成今天的我来回答，我可能仍然会保持当年的意见，原因却不同：从选址上来讲，银行的所在地往往是人口相对稠密的地区，或者是寸土寸金的市中心；从建筑上讲，银行的结构非常整齐划一，除了地下金库以外，多半是大小不一的办公房间——所以，即便一间银行破产或者搬迁，也可以轻易地卖掉，继而改作办公楼、商店、会所、饭店、旅馆，等等。

1 | 2 3
4
5 6

1 第九国家银行的铜钱天顶
2 第九国家银行大门
3 工业信托银行罗马浮雕
4 大门
5 第九国家银行金库大门
6 工业信托银行装饰

所以，不同于种族迁徙导致的教堂及学校废弃，社会或科技发展导致的剧院或工厂废弃，规划错误导致的游乐园或度假村废弃，一间银行的废弃背后的原因往往比较复杂。

坐落于费城东北区的第九国家银行，废弃原因是城市轻轨的铺设。建于19世纪末，这座充斥着罗马风格浮雕的银行在服务大众了将近一百年后，于20世纪80年代底废弃。和它一同废弃的，是与之一墙相隔的工业信托银行。

银行内部华丽的装饰和大理石雕刻似乎是对辉煌旧日的提醒，也是对曾经繁华的证明——20世纪早期，费城东北区不仅处于上升期，还是整座城市大部分商业和投资业的中心。而随着经济发展和科技进步，费城的盈利模式从临海的捕鱼、开采等逐渐转向了依靠水力的重工企业。

当整座城市经济开始转型时，经济中心的迁徙导致费城整个北部的溃烂，城市面貌恶劣，卫生状况糟糕，废弃建筑物比比皆是，流浪汉和低收入人群的聚集进一步加剧了北部几个区的安全问题恶化。中产阶级的搬迁导致部分商户不再续租，从而遗留下更多闲置的建筑，流浪汉占据闲置的办公楼和民宅，对原本可以修复或再利用建筑的破坏行为的纵容等一系列问题，使得这些区域进入了一个恶性循环。

从某种角度上说，这两间银行随着城市的兴盛而建，又随着城市的衰败而亡。这衰败，从宏观上来说，是铁锈地带又一城市从波谷到波峰再到波谷的正常循环；而从微观上来说，对每一个在波谷时期艰难维生的人，却是多么不公平。

这两座银行建在一起，处于同一座建筑之内，并且共享地下金库的例子在北美非常罕见。由于建成年代太过早远，中间又几经易手，为什么业主当年选择将两座银行建在一处的原因已经不可考。但比起竞争关系，我个人认为两座银行的相处模式更可能是合作关系。

两座银行废弃后被诺里斯广场公民协会（Norris Square Civic Association）收购，自生自灭了二十几年，直到费城要申世界遗产前，两座银行被社区重整计划委员会（Women’s Community Revitalization Project）重新接手，并计划在接下来的5年内拆除完毕，在原址建造25套廉租房。值得庆幸的是，拆除工作在费城申遗成功之后进度减慢，直到2018年我进入时，整个工程仍在拖拖拉拉地进行着。我也有幸亲眼看见这两座由白色大理石浮雕镶嵌而成、宛如教堂一般美轮美奂的建筑物。

保罗·维瑞里奥（Paul Virilio）曾说过这样一句话：“你可以说建筑只不过是制造废墟的艺术。”

这句话用在这两座毗邻的银行上也许非常合适。生长在一个效率至上的社会，我很难想象处在实用主义尖端的银行为什么会浪费资金在修建和安全措施不相关的建筑细节上。或许是百年前的犯罪率较低，或许是投资方对审美颇有要求，两座银行虽然风格不尽相同，但在门柱、天顶、门廊，及各种拐角连接处，都花费功夫，在白色大理石上雕刻了仿希腊帕特农神庙风格的装饰。

其中个人认为最为费时费力的设计，莫过于两家银行都采用了镂空天顶设计。或许是出于采光的考虑，工业信托银行采用了的长方形镂空天顶，第九银行采用了圆形镂空天顶。这两处设计在当时虽然算得上新颖别致，却鲜少有更多的讨论见报。即便是在后来费城申遗文件和新闻报道之中虽有提及，却只是一笔带过。然而，当我站在其下仰头欣赏其天顶时却意外地发现，第九银行天顶上的5个圆形镂空结构和中国古代的铜钱如出一辙——很难相信这只是单纯的巧合，但我也很难想象会有什么理由，会促使这座银行的设计师在19世纪末曾漂洋过海拜

◎ 工业信托银行天顶

访过在战乱中挣扎的中国。或许他只是单纯地热爱东方文化，明了铜钱结构的意义，把它嵌在了自己的设计思路之中。

而在一百多年后，当他设计的银行经历了兴盛、衰败、被收购、任其腐烂之后，在即将被拆除的命运的终点时，另一个认识这个结构的东方人站在这巨大的五枚铜钱之下，被这惊人的巧合震撼到久久无法挪动。

2

在我去过的废弃银行中，印象最深刻的一次是2018年夏在印第安纳州加里市（Gary）探访废弃的美国州立银行。

2018年夏天，我和Chris开着车从加拿大多伦多出发，途经宾州、纽约州、俄亥俄州，抵达印第安纳州、伊利诺伊州、威斯康星州，在美国中西部画了一个为期10天的圈，最终绕道密歇根州并重回加拿大。在这10天中，我们不仅看到了地形地貌、城市景观，每个州废弃建筑物的类型、风格、甚至难易程度也不尽相同。

不同城市中废弃建筑物也非常不同，在像纽约、洛杉矶、芝加哥这类国际大都市，废弃建筑物更像是城市的一个过渡阶段，或者修复，或者拆除。废弃建筑在这种寸土寸金的城市中往往不会存在很久。第二类是如费城、匹兹堡、底特律、波士顿大城市，人口密度高，经济尚可，部分城区犯罪率和失业率偏高，但整体仍然呈现一种向上发展的趋势，在这类城市中，废弃建筑物是个不定状态，拆除或者改建可能早已被提上议程，目前正在等待投票结果

1 | 2

1 加里市银行门口的四根巍峨耸立的柯林斯石柱
2 加里市银行被木板封起来的正门

和开发商，也或许会因为历史价格高而被修复从而保留下来，而这个阶段耗时长短不一，有时是几个月，有时是几年。非常有意思的一个现象是，曾经破产的底特律，美国人心中美国犯罪天堂，近些年来政府狠抓犯罪率，不断提高城市经济，相较于5年前的惨状，目前也已可归入第二类城市。第三类城市大多数经济已然接近崩盘，犯罪率偏高，除了有限的几个街区尚可，大部分处于一种萧条的状态，比如克利夫兰、水牛城、加里等等。在这类城市中，废弃建筑物基本可以算是城市景观的一部分。

在这三类城市中探索废墟也相当不同。在第一类城市中，想进入一个废弃建筑物，需要的不是体能，而是一个较为友善的建筑工人，或在星期天凌晨加上一个暂时还没被封起来的门窗。第二类城市中的废弃建筑物最难进入，在等待投票结果和投资商的过程中，大部分废弃建筑往往会被严加看守起来，水泥或木板封死的一楼门窗，加装防盗铁栅栏，安装监控录像，甚至时不时会有保安前来巡逻。即便是暂时尚未被政府管控起来的废墟，结构和入口位置往往不会在醒目的地方，不仅需要提前踩点，对体能要求也比较高，更需要临时的急中生智。同时，由于城市状况尚可，进出废墟时若被关心自己街区安全的邻居看到，他们常常会选择报警。前文提到底特律属于第二类城市，不仅仅是来自网上大数据，而是底特律大部分废弃建筑都被保护了起来。第三类城市里的废墟最容易，入口明显，无人看守，基本和拐进街角的星巴克买杯咖啡一样简单。唯一有些遗憾的是，即便是在美国的铁锈地带，第三类城市的数量也太过稀少。

◎ 加里银行金库

像全书开篇里提及的：通过废墟能读到历史，看到城市现状，也能预测城市未来的发展。一个城市中废墟数量的多少，改建或拆除的速度，政府将废墟视之为资产还是不置可否，当地居民对待探险者的态度，都能非常简单粗暴地让你感受到整个城市目前是处在上升还是下降阶段——即便废弃建筑物总是在城市中比较不安全的街区，也能非常直观地体会到这三类城市中废墟的不同。我记得自己第一次去克利夫兰前，从网上搜了一些简单的数据，认为可能是个规模较小类似于匹兹堡或底特律的第二类城市，然而当我身处城市之中，却发现根本没人在乎，废弃建筑物往往正门大开，而数量甚至多到连“涂鸦艺术家”都懒得光顾的地步。

在抵达加里前，探险了15年之久的Chris感叹道：“我探险这么久，却从来没来过加里，前几年机缘巧合去芝加哥开会，和同事途经加里的时候只是停下来加了个油，同事就紧张地催我赶紧走。加里啊，废墟虽然多，但也太不安全了。”

人口一再下降，市内几乎没有工作机会，大部分居民通勤至芝加哥上班，经济濒临崩溃边缘，之所以还没破产，大概是因为邻市芝加哥罩着。2016年政府数据显示超过千座民宅被废弃，而如宾馆、剧院、邮局、工厂等大型废弃设施更是在街上摩肩接踵，比比皆是。我和Chris做了个粗略的统计，在百老汇街市中心部分，每5座建筑中便有2座是已然废弃或关门大吉的状态。在其他城市进行废墟探险，还要在卫星地图上苦苦搜寻废弃建筑，在加里，闭着眼睛就能撞进去一座。

然而，大部分废弃建筑的损毁程度也相当惊人。在同样属于第三类城市的克利夫兰，大部分废弃建筑物内部保存相对完好，教堂内的《圣经》、学校内的桌椅板凳、剧院内的戏服、仓库内的金属脚手架等，基本都原封未动。但在加里市，废弃建筑物室内早已被洗劫一空，可供变卖的金属消失是情有可原，但不值钱的书本衣物也无一存留，就连剧院内的椅子，也被一个一个拆下来，什么都不剩了。

经过两天可以算得上愉悦的探险之后，我们心满意足地将银行留在了临走前的最后一个上午。从宾馆退房，把行李搬上车，我们重新开回市中心，正要开始最后的狂欢，身后突然响起一连串的“Hello、Hello”。我回头，一个手里拿着一个破旧的麦当劳大杯饮料（但我非常确定里面装的是酒）的黑人大哥，摇摇晃晃地朝着我们使劲儿打招呼。

在加里市探险的两天多，我们常常被当地人拦下来，一方面是好奇想和我们聊聊天，一方面是要钱，或者通过卖矿泉水要钱。

所以看到他的时候我们两个并没有大惊小怪，即便这是个身高两米多、体重似乎有两百二三十斤、醉醺醺的黑人大哥。他看我们站定，赶紧端着酒杯过来，问我们是从哪里来，在这儿干吗。我懒得接话，Chris随口应付了两句，果然对方立刻切入正题：“你知道，我没工作，我家里还有三个孩子，你们有零钱吗？10美元就行。”

Chris非常婉转却干脆地拒绝了对方，用的也是惯常的理由：“真是抱歉，我们从加拿大来，身上没有美金，只有加币，你要吗？”

通常这个时候，要钱的一方就会偃旗息鼓，然而这位大哥却不肯善罢甘休：“没事啊，那边有个ATM提款机，我们可以一起去取点钱。”

闻言，我和Chris对视了一眼：取钱肯定是不可能的，先不说这位大哥会不会到时候直接抢，就单说在这条街上取钱，基本上等同于在有鲨鱼的水域放血。

我使劲儿看了Chris两眼，意思是：你身上要是还有剩的钱的话赶紧给他，让他走得了。他也使劲儿看了我两眼，我觉得他的意思是他身上也没有美金了。

大哥看我们俩没说话，又提出要去取钱，Chris只好说："我们现在要进去这个废弃银行照两张照片，大概半个多小时，要是你能等的话，我们拍完了出来叫你？你是不是住在街对面？"

大哥闻言，说："那我跟你们一起进去吧。"

于是，在这个伸手不见五指、只有入口附近有光线的银行内，我、Chris及一个身高好几尺的醉汉一边聊天，一边探险。

过程非常不愉快：大哥一直在抱怨我们俩太慢，一张照片要翻来覆去地拍，楼下拍完还要拍楼上。我们一方面对他不停催我们出去取钱的态度很生气，另外一方面也怕他突然在这个黑洞洞的屋子里掏枪。退一步说，即便他不掏枪，赤手空拳地扑上来，也很吓人——我自然不是他的对手，Chris半年前在得州被人袭击的旧伤还没好，左腿使不上力。

当然了，他醉成那个样子，我几乎能肯定即便他挥拳，百分之九十可能打不中我们俩中的任何一个。但我也不愿意想象，如果恰好是剩下的百分之十的话该怎么办。

虽然脾气濒临爆炸边缘，我们却也不能和他吵架：让他滚，毕竟他是看着我们俩下车的。如果他出去后砸我的车怎么办？他就住在街对面，如果他出去叫来一群人怎么办？

拍了大概半小时之后——其实因为太黑了需要长曝光，只拍到了两张能看的照片——我趁对方不注意，偷偷问Chris："你到底有没有钱？"

"全都放车里了。"他答，"咱们还是赶紧撤吧。"

从车里拿到钱把对方打发走以后——对方并不满足于最初索要的10美元，似乎觉得跟我们多耗了半小时，就应拿更多的钱——Chris问我："中文里'Let's go（走）'怎么说？"

反复确定了发音后，他说：“下次再有同样的事，我们立刻走。We don’t talk and we’re running（啥都不说，走为上策）。下次你听到我说中文的‘走’的时候，立刻拿好你的相机准备跑。”

后续是，虽然我们每人只拍了两三张照片，但Chris的一张照片以近乎500美元的价格卖了出去，算是给这半小时的“奇遇”画上了一个完美的感叹号。

1 | 2 3 4

1 加里银行金库内部

2 金库大门生锈的锁

3 楼上分租出去办公室内遗留的替客户报税的文档

4 楼上办公室仅存的座椅

3

几年前国外曾有个上过热点的新闻，一个网友搬进刚买的两层独立洋房，却发现地下室后面还有一层，拿工具敲通以后发现竟是个银行的金库。查了资料，这位房主才发现自己的房子是一间破产并被变卖的银行改造而成的。当然了，金库早已空空如也，然而不锈钢的金库大门和金库内私人的保险隔层，仍维持着旧貌。

废弃银行改建的例子数不胜数。上面新闻中改成民宅的例子其实是少数，更多的银行在废弃之后更多的是因地制宜：市中心人流密集区域的改作商场、饭店；金融区或商业区的改作办公楼；被政府征用修建成社区中心的；甚至还有被改建之后因为城市整体经济滑坡或个人经营不善仍逃不过废弃命运的。

同样身处于北美铁锈地带的加拿大多伦多市中心，最繁华的商业中心，也立着一栋废弃的银行。建于1905年，由多伦多建筑师E. J.伦诺克斯（E. J. Lennox）设计，这个由科林斯石柱和拱顶组成的大理石建筑物曾是加拿大道明信托银行的前身。入住此处的银行原名为多伦多银行，迁出时间不详。可以肯定的是，2003年以前此处一直被多伦多历史委员会占据。随着经济的发展，多伦多市中心地价飞涨，尤其是与多伦多最大的购物中心——伊顿商场一街之隔的此处，租金更是一路飙升至多伦多历史委员会无法承受。当他们于2003年迁出此处时，这座建筑物在废弃已久之后才算是正式闲置下来。如今，此处于几年前被一位爱尔兰商人购买下来，却从未使用，一直任其闲置在多伦多市中心寸土寸金的热门地段。

而在美国，银行废弃后建筑易手并重新投入使用的例子就更多了。我在2018年拍摄废弃建筑物之余，曾以“余烬（Ashes）”为主题拍过一个阶段性小系列，内容是建筑物在废弃后改作他用的具体实例。与我另外一个系列“重生（Reborn）”不同之处在于，在这个系列作品中，曾经的建筑并未进行大的装修或改造，几乎在保留原貌的基础上嵌入了新的占有者，如在纽约布鲁克林区的几间废弃银行，有的改作麦当劳，有的改作商店，有的改作餐馆，有的在卖平价鞋子，从外观上来看，恢宏的外观下接壤的是过于现代并过于廉价的招牌，有一种古怪的和谐感。而在“重生”系列中，废弃的建筑在死后或被修复或被改造，或

多伦多银行

作为历史遗迹保存下来，改头换面，焕然一新。

众多银行——尤其是地方银行或者私人银行——的大量废弃，不知是否是对北美整个金融体系发展状况的一种暗示：以金本位为主的金融体系也许逐渐走向了自己的末日，而电子交易却在日益兴盛。同时，宏观上国家对金融放松管制，大银行对金融的垄断，也加剧了这个由废弃到重建、由分散到统一的过程。

从建筑的角度说，这些来自于过去的银行无一例外都曾拥有着毫无必要的繁复而冗余的结构，与金融业效率至上的实用主义风格不甚相符，然而北方银行以

◎ 多伦多银行雕刻物

科林斯石柱［科林斯柱式，源于古希腊，是古典建筑的一种柱式。它的比例比爱奥尼柱式更为纤细，柱头是用茛苕（Acanthus）作装饰，形似盛满花草的花篮。相对于爱奥尼柱式，科林斯柱式的装饰性更强，但是在古希腊的应用并不广泛，雅典的宙斯神庙采用的正是科林斯柱式］为主，南方银行以多立克石柱［多立克柱式（Doric Order）是古典建筑的三种柱式中出现最早的一种（公元前7世纪）］为主的设计是遍布全美的银行业的旧日代表，就连在虚构的哈利波特的世界中，由妖精开设的古灵阁银行的设计，也是正门前立着四根歪七扭八的多立克石柱变体。

一个建筑师朋友分析，这些冗余的建筑结构，可能是美国建国后去“殖民风格”的兴起，一方面在法国新古典建筑风格的基础上吸取古希腊、古罗马建筑的精粹，在建造类似于法院、银行、议会这些有代表意义并且在政治或经济上较为重要的建筑时，常会选择繁复和仪式感浓重的科林斯石柱——如密歇根中央车站、华盛顿首府的国会大厦、林肯纪念堂，等等。另一方面由于城市的文化氛围不同，且美国东北部重工业的兴起，在18世纪末到19世纪初经济发展迅速，所以这个时代的大部分建筑都选择了精致而讲究的科林斯石柱；而简洁却庄重的多立克石柱多半用于学院或纪念堂。无论这个关于建筑风格选择的理论是否对，这些废弃的银行却是了解并学习北美建筑发展过程的非常好的实体例子。

在曼哈顿主城的Jarmulosky银行大楼，废弃于20世纪中叶，自90年代起便被电子游戏厅和外卖餐厅所占据，然而这里却曾经是美国首家犹太人开设的银行，可以说历史意义非凡。但在这个金钱主导的社会，一栋建筑物是否有意义都不重要，重要的是它是否仍有利用价值。

加里：人造城市衰落以后

• 如果你问我铁锈地带最美丽的废弃建筑是什么，我一定会不假思索地回答，在我心目中，废弃建筑的王冠一定属于美国印第安纳州加里市（Gary, Indiana）的卫理公会教堂（City Methodist Church）。

• 1925年动工，1975年关闭，服役50年，废弃四十多年，这座典型的哥特式复兴结构的教堂在经过数十年的忽视、破坏，甚至蓄意纵火引起的火灾后，虽然已然岌岌可危，却依然坚定地挺立在这个铁锈地带最糟糕的城市中。

1

曾被誉为美国的“世纪之城”的加里建市于1906年，由美国钢铁公司选址并投资，意图将这个密歇根湖南岸的小城市作为其新工厂的所在地。为了纪念美国钢铁公司对此处的卓越贡献，加里的第一任市政府将此处取名Gary，得名于美国钢铁公司的首席律师和创始人埃尔伯特·亨利·加里（Elbert Henry Gary）。

在短短的20年内，加里市便成长为美国最大的工业重镇之一。曾有文章评论：“加里市是美国历史上最有野心的人造工业城市之一。”

这句评论所言不虚：为了增加在印第安纳州的市场份额，美钢决定在美国中西部建立一个新的工业城镇时，这里几乎还是一片荒原。1906年，美国钢铁公司在密歇根湖边距离芝加哥不远的地方购买了超过8000英亩（约32平方公里）的土地，其中四分之三的面积临湖，剩下的则向内陆延伸。在其后的数年中，美铁投资将原先的沙丘形地貌填平，搭建了4座大型炼钢厂，其中包括12座高炉，及超过100座平炉。而其子公司则负责将工厂附近的一个小城镇改造成适合容纳20万人口、中型规模的城市。除了平整地貌，拓宽并修建新路以外，美国钢铁公司为此处购买并安装

◎ 加里市曼恩高中（Horace Mann High School）火烧后的礼堂

了一个足够大的水源供应和污水处理系统。到1917年，炼铁厂完工，美钢还投资挖了一条工业运河，为连接五大湖航运建造了一个新的港口，并为自己的子公司——美国桥梁公司建造了一座锡和板材工厂，以及4家钢铁制造厂，总投入超过1亿美金（相当于今日的20亿美金）。而他们的子公司加里土地公司在18个月内为工人和管理层建了住宅区和商业区，并修建了一座新的学校——杰弗逊小学。而美钢的创始人埃尔伯特·亨利·加里私人捐款25万美金，在市内建了一个基督教青年会大楼。

财富来得太快总不是一件好事。1930年，距离建市不足30年，由于猖獗的腐败、种族隔离和暴力、劳工骚乱、工业导致的环境污染，加里市已经臭名远扬。接下来的30年，或许是长期的和平导致美国重工业行业整体滑坡，或许是科技发展使得重型运输成本降低，或许是钢铁行业的海外竞争力不断上涨，无论是哪种原因，同铁锈地带的其他重工业城市一样，加里市于1960年起开始衰退。美国钢铁公司的雇员人数一再下降，由1970年的3万人，降到1990年的不足6000人，到2015年进一步降至5100人。2016年全美人口普查数据显示加里市居民仅有76000人，而哈珀斯在2013年的统计更是说明加里市三分之一的民宅目前无人居住或已被遗弃。等到了2018年我和同伴南下探险时，这个数字似乎又有上升——废弃建筑在市中心比比皆是，除了剧院、商店、工厂等，整条街全是废弃民宅的街区并不少见，或者在十几座废弃民宅间夹杂着一到两座仍住有人的房子也是此处常见的街景之一。

加里市或许是典型的铁锈地带城市中非常极端的那个例子——随着钢铁行业的兴盛，该市的经济迅速发展，很快便到达了顶点，随后便同其余铁锈地带城市一样经历了种族矛盾、罢工和暴力、失业和犯罪等问题，最后陷入了一个失业率超过就业率、市政基础设施消失、文盲率高且教育程度低的困境。而其余的铁锈地带城市，在发展过程中或多或少都嵌着加里的缩影，然而，由于并非从一片荒原中空造出来一个城市，也就意味着在重型工业开始之前，或多或少已经有了一定的其他支柱产业作为基础，于是，在历经了大萧条和失业潮之后，便也没有陷入特别糟糕的境地。

当加里市衰落后，市政府试图通过旅游业及酒店业扭转颓势，支撑本市经济，却并未成功。后又在市区附近建立了两座赌场，却由于路况差和犯罪率高等问题导致经济的进一步滑坡。

在维基百科的页面中，描述加里市有这么一句话：“……加里在过去十年内关闭了数所学校。 虽然一些学校建筑物已重新开放，但其中的大部分仍处于关闭的状态。”而在我2018年的旅程中，目之所及，整个加里市没有一丝向上发展的可能，仅有少部分居民每日到芝加哥上班，剩下的更多人则处于一种“不仅整日无所事事，而且对这种无所事事感觉很满意”的状态。在我和Chris正面遭遇的当地居民中，除了一位年纪较长的大哥试图通过卖给我们矿泉水来赚取“正当收入”，其余的加里人则聊上三五句便直奔正题——要钱：“我家里上有老下有小，你们有零钱吗？三、五、十美元都可以。”

正如前几章提到的，3年的探险中我发现，如果一座城市的废弃学校和教堂数目庞大，那么该城市的运作系统多半已接近崩溃边缘。“学校和教堂都代表着一个人生活中是否还存在希望。”在一次讨论中，Chris和我聊道，“学校是对下一代的严格要求，而教堂则是对自己精神面貌的要求。连日常生活都无法顾及的人，自然不会再去关心这些看起来过于遥远的事情，对付着能过一天便是一天吧”。

“……截至2014年，加里政府正在考虑关闭更多学校以应对财政赤字。”

| | 3
1 | 4
2 | 5

1 礼堂提拉幕
2 火烧后的钢琴键
3 散落在地上的一本教科书
4 当年的学生纪念册
5 如果你能看懂这句话，
谢谢你的老师

2

2018年夏季，我第一次拜访加里市。临行前，曾去过加里市的Ben告诉我，如果有正规的媒体从业人员身份，可以向加里市政府属下的电影艺术部门申请合作，拿到拍摄许可进入这些废弃建筑物拍摄。虽然安全问题仍没有保障，但遇上保安业主或者警察时，这个拍摄许可却是一道“免死金牌”。

我当然是愉快地申请了两份。在申请时，对方要求我提供计划拍摄的所有建筑物的名称、地址及具体拍摄日期。这个提供具体地址的行为，加上前后两通电话，或许相当于一道面试：一方面是看看我们是否对拍摄有相对完整而严肃的计划，是否对于将要拍摄的地方有一定的了解；另一方面也算是旁敲侧击地告诉我们，虽然我们这里经济不行了，但来拍摄的手续相当严格，如果在许可之外的建筑被抓了，照样概不负责。

正如前面章节中反复描述的那样，众多废弃建筑物虽然早已被人遗忘，但它们并非没有屋主，这些建筑废弃后的所有权却仍在私人或政府、国家的手中。能够申请许可并进入拍摄的建筑在其中的比例甚小，但并非没有。而这些申请的渠道却并非像公园售票处一样明显，甚至在网上也无相关信息，只存在于探险者的口耳相传之中。所以有时候“入侵”一座建筑完全像是一道巨大的陷阱，即便已经做了万全的功课，却也无法避免这些你压根儿不知道的纰漏。

比如克利夫兰的殡仪馆，自2017年秋开始，我在不同的时间点反复尝试多次，却均以失败告终。最接近成功的一次是我看到殡仪馆的侧面在离地两米半处有一扇开着的窗户，我忌惮于窗户另一侧的落差不知多高，就没试着往上爬。等到我在2018年通过Ben联系上了屋主，回头看看自己的几次尝试，才出了一身冷汗：幸好当时没有进去，如果真的进了屋子，八成早已被扭送到警察局了，这个时候可能正在等着法庭的传讯。

在城市探险中，“入侵”（Infiltration）几乎是无法避免的方法和手段：提前勘察地形和周边环境，趁着天黑翻墙、钻洞、跑酷，走在腐烂的不足一脚宽的房梁上还要提防随时可能断裂的木质结构……不可否认，城市探险也许是现实生活中最接近动作片的可能性，而其中有不少玩家正是为了追求刺激才开始探险活动。

1 | 2

1 加里市沿街一处废弃公寓楼

2 被荒草掩埋起来的史密斯 2 小时干洗店

非常有意思的一个现象是，在西方国家，虽然玩家的年龄各异，人种不同，职业更是从餐厅的服务员到医生、建筑师多种多样，但圈内玩家们最常见的职业却是“码农”。有人评论，西方的城探圈不能更极客了（It cannot get more geeky in urbex field），指的就是大部分玩家均为电脑相关行业的从业者。或许对于这些玩家们，在现实世界中打怪远远比电脑游戏刺激而精彩得多。所以城市探险的另一别名是“现实黑客（Reality Hacking）”。

但是随着时间的推移，入侵废墟的次数增加，最初进入某栋建筑时心跳加速的刺激感会逐渐减弱。这个刺激感从有到无的过程可能会持续几个月到几年，几乎是每个初级玩家到底是晋级为中级玩家还是放弃的分水岭，在这个分水岭初级玩家常常会遭遇自己对自己向内的探究：我进入废墟究竟是为了什么？有些玩家会逐渐将重心放在摄影上，有些玩家会向建筑历史方向转移，有些玩家则对城市规划（urban planning）更感兴趣。

我个人的转折点发生在2017年秋天带两个经验为零的朋友去罗切斯特的一座废弃商场。这两个朋友在“油管”运营着一个旅行相关的自媒体频道，订阅用户约二十几万，2017年夏天的时候通过Austin联系上我，想试着做一期废墟探险的视频，希望废弃建筑有一定进入的难度，安全系数偏高，内部不要太整洁，有少

1 | 2 3
  4

1 加里市宫殿剧院（Palace Theatre）正门

2 宫殿剧院内部

3 剧院里一架被毁坏的钢琴

4 不知道是玩具还是模型的不明物体

量的涂鸦和破坏痕迹。当时我观望罗切斯特那座废弃的商场已经很久了，算是一座废弃了很久，但安保力量时松时紧，是一个不太好进的地点。我向他们坦白了有空跑一趟的可能性，但目前安保力量较弱，同时因为建造年代较新，里面没有塌陷的地板及腐朽的木质结构，所以安全性可以保证。

也许首次有照顾别人的责任，整个旅程我根本没有来得及紧张，也没来得及分辨是否刺激。直到出来以后我才长舒一口气：“你俩还行吗？没受伤？没缺胳膊少腿儿的？”蜕变几乎是一瞬间完成的，从那以后，我再去探险时，很少会觉得紧张，在废墟里停留的时间越来越长，同一张照片反反复复拍摄并找寻角度，甚至在拍摄之余有时间研究那些散落一地的文件和档案。

而我第一次以非入侵形式进入的废墟是底特律的密歇根中央车站。2018年6月，美国福特公司买下密歇根中央车站，打算整修后作为福特美国的研发和展示中心。密歇根中央车站在底特律的历史上举足轻重，在废弃后重修的议案曾数次见诸报端，却从来未曾付诸实现。所以，福特买下此处的消息一经传出立刻在全美炸了锅，更不用提底特律当地居民欢欣鼓舞的程度。6月20日福特决定进行为期两天的开放展览，在正式关闭开始装修前开放车站让公众参观，结果由于参观人数过多，不得已又增加了一天。曾购买过我拍摄的废弃底特律照片的公司代表替我申请了与福特的媒体合作，我非常有幸同一群摄影师一起参观了并未向公众开放的车站顶层，第一次站在底特律市中心的制高点远眺美国和加拿大分界线。

2018年6月底，考虑到加里市废弃建筑物的数量众多，我拿到了两天的拍摄执照。等真正到了加里市才发现完全没有申请的必要，市中心几条主街上废弃建筑物鳞次栉比，整条街区所有住宅都被废弃的并不在少数，我们几乎每分钟都能发现一栋“新”的废墟。而大部分废墟正门大开，内里更是早已被洗劫一空，破坏程度触目惊心。警车从我们身边掠过数次，却从来没有减速，或许对于他们来说，只要不发生枪击案抢劫案等暴力行为，擅自进入一栋废弃建筑物，根本用不着放在心上，更没有停下来盘查的必要。

曾有评论文章指出，市中心的百老汇大道是加里市的缩影。与加里市一荣俱荣，一损俱损。在加里市繁荣的顶点，作为市区的主要公路，百老汇大道是加里市实力的象征，沿途布满商店、企业、政治中心、剧院、教堂等和居民生活息息相关的建筑物。而在加里市衰落以后，百老汇大道沿途大部分商业区甚至教堂，也如同城市的其他部分一样关门大吉。现在，除了从平整而宽阔的街道中尚能看出些许当年繁华的影子，大部分建筑物早已破败不堪，逡巡于大街上的人几乎全是非裔美国人，三五成群地坐在建筑物投下的一点点阴影里，看到我们走过要么是猛吹口哨，要么是跟上来攀谈然后要钱。

加里市的经济发展可从百老汇大道上几个非常典型的废弃建筑窥见一斑：宫殿剧院（Palace Theatre）于1925年开放，除了歌剧话剧，还兼营杂耍表演，包括现场舞台表演、杂耍表演和电影等。当美国钢铁公司缩减加里附近工厂的运营规模后，剧院赢利逐渐下降，最终于1972年关闭。

可容纳5000人的加里公立学校纪念礼堂于1925年建成。几十年来，加里及周边的公立学校一直在此处举办毕业活动，直到加里市衰落后，礼堂疏于管理，其中三分之二的建筑于1997年的加里市特大纵火案被摧毁。由于建造时入口和主楼分离，礼堂的入口大厅及大厅内的白色三角钢琴幸免于难。在其后的20年中一直保存相对完整，直到2018年春被几个“涂鸦艺术师”从上到下喷成了粉色。

1
2 3

1 加里公立纪念学校礼堂（Gary Public School Memorial Auditorium）
2 纪念堂内的残根断壁和长草楼梯
3 纪念堂内部被三个青少年喷涂成粉色的白色钢琴

其中最能说明加里市建市时野心的建筑，莫过于加里州立银行。于1929年完工，加里州立银行大楼仅有10层，而楼内的电梯却显示此处有15层。正如在20世纪初期建市时所有人均看好加里市的发展趋势一样，建筑公司想必是无比确定这座大楼和城市的其他部分一样，仍有发展空间。却没料到不仅那隐形的5层楼没有付诸实现，剩余的10层也在不到50年的时间便人去楼空，闲置至今。

3

在这些废弃建筑之中，最辉煌夺目的莫过于坐落于市中心的、废弃后仍是城市地标建筑之一的卫理公会教堂。斥资100万美金（相当于今日的1500万美金），建于1926年，这座上下九层，包括教堂、办公楼和教会学校的卫理公会教堂，在其鼎盛时期曾拥有多达3000名以上的信徒。随着城市的衰退，信徒数量一再减少，到了1970年中期，仅剩下百余人。由于无力承担庞大的建筑本身的维护费用，不得已之下教会将教堂中的一部分租给当地大学，包括以首任牧师命名的希曼剧院（Seaman Hall）。

史料显示，这并不是教会第一次对外出租卫理公会教堂。在20世纪30年代的大萧条时期，希曼剧院也曾被租给加里学院（Gary College）。在二战之后，剧院再次出租，这次的租客是印第安纳大学，出租的目的也并非是需要租金应急，而是一种良性的合作——提高加里市的教育水平。到了20世纪50年代，印第安纳大学西北分校占据了教堂办公楼的三分之一，除了用于讲座和集会，也担负着部分教学任务。此时，卫理公会教堂达到了自己的历史顶峰：教徒人数超过3000人。

1 | 2
3

1 卫理公会教堂外观

2 卫理公会教堂内部

3 防止落石砸人的网兜

而非常有意思的是，租赁这个哥特式建筑并未随着教堂的废弃而停止。许多电影公司都曾在此处拍摄，以这个美丽而危险的教堂为故事背景，其中最有名的是2010年的《猛鬼街》、2011年的《变形金刚3》、Netflix投拍的《超感猎杀》等。网上可考的数据显示，2010年有24部不同的电影在此处拍摄，2011年则有近50部。除此之外，也有一些对这里情有独钟的哥特迷选择在此处举行婚礼。

无论如何，在1975年，卫理公会教堂终于正式关闭，并于同年废弃。失去了最后一点精神支柱的加里市迅速陷落，在其后的40多年间，教堂从大厅到教学楼都受到了不同程度的破坏，涂鸦和打砸抢都不足挂齿，其中最令人痛心的莫过于1997年的纵火案。1997年的一个周日晚上，一场突发的大火使百老汇大道737号附近的两座废弃建筑物被点着了。当晚的消防调查员在后来的采访中回忆，这场大火的起火点特意选在了这两座废弃建筑物的二楼，伴随着当晚强劲的南风，火势很快蔓延到了公立学校纪念礼堂，并向东向北席卷了百老汇街上的大部分建筑物，于夜里一点半左右蔓延到百老汇大道578号的加里市房屋管理处，并点燃了卫理公会教堂旁边的教会学校。有文章提到这场大火时，称其为“改变了我们的那场大火”。当夜，印第安纳州北部的所有消防车及200名消防队员几乎都赶到了加里市参与灭火，“我们从来没见过这么大的火”，一名消防队员回忆道，“很多人都受伤了。”

当夜有124名居民被疏散，而看热闹不嫌事大的其他居民仿佛事不关己一般，朝正在燃烧的建筑物扔石头甚至鸡尾酒。“不知道这些小年轻怎么想的，”乔治·戴维斯对记者说，“好像加里不是他们自己的城市一样。”

自废弃之后，各种关于这座教堂的提案反反复复拿出来讨论过，修复、保存、改建成艺术中心。而无论曾经的讨论结果如何，这些计划都随着1997年的那场大火被烧得一干二净。在其后的20年间，加里市政府似乎已经放弃了对教堂的保护，对进进出出的摄影师也好、当地居民也好，都睁一只眼闭一只眼。还好，2017年6月传来了略微让人振奋的消息，加里重建委员会收到来自约翰S.和詹姆斯·L.奈特基金会（John S. and James L. Knight Foundation）的16万美金的赠款，用于重建城市卫理公会教堂，预计教堂未来将作为城市废墟景观保存下来，并会用于发布会、婚礼等重大仪式场所。目前，重建委员会正在考察教堂结构的完整性和预估修复时长，或许在未来的一两年内修复工作便会正式开始。

在加里市停留的两天中，我和同伴反反复复回到卫理公会教堂。对我们而言，这里更是个原点，每次探险结束，都要回到此处清零、重启，再奔赴下一个废弃建筑。

教堂名不虚传，9层的哥特风格建筑美丽非凡，大厅内竖立着8道巨大的拱门和数个高耸的装饰性石柱，而在石头砸不到的高处，当年的彩绘玻璃仍然迎着阳光闪闪发光，在地面上投射出一片五颜六色令人眼花缭乱的彩色阴影。整座建筑仿佛从中世纪的欧洲连根拔起，越过时间和空间的障碍，重置在了美国中西部某个小镇的中心。

顺着楼梯爬到5层，沿着几乎已经塌陷的地板蹭到主厅旁边，这些经历了风霜雨雪的浅赭色砖块近得似乎触手可及，拱门和砖块之间的缝隙已经被植物覆盖成一个个的陷阱，试图欺骗每一个试图爬上去的冒险者。

而那个无数次被大学租用的希曼剧院，却不如主厅那样承受住了时光的洗刷。座椅消失，舞台坍塌，所有能剥离的结构早已随着旧日荣光一起被剥离干

教堂侧面如废弃的欧洲古堡

净。屋顶和屋顶的室外篮球场是整个建筑中最不稳定的区域，非常容易塌陷。为了拍照我自然是上去了，几乎所有能落脚的地方都有些软塌塌的感觉——自从在火车墓地时一脚踏穿铁皮摔了下去，我每次到这种高危区域都有点腿软，加上此处距离地面有五六米高，我半步半步地蹭到了正中间，拍完照恨不得四肢着地滚着回到屋内。

由于四处漏风，建筑物的大部分地方都是沙尘满地，碎石头、瓦砾、泥土堵在每一个能下脚的地方。诸多地方的墙体也不再稳固了，最薄的地方比一张纸厚不了太多。更不用说本来就摇摇欲坠的楼梯，如果我在这里一脚踏空滚下去，估计一点都不稀奇。唯一能够信任的可能是扶手，我拉着扶手上上下下，心里充满虚幻的安全感。

在加里市，这些废弃的建筑物的危险程度却不仅仅局限于摇摇欲坠的建筑本身 。2014年，一名叫作Darren Deon Vann的非裔美国人因杀害一名19岁少女被捕，随后供认曾先后杀过18名其他女性。直到警方将其抓获，这些受害人的尸体始终静悄悄地躺在加里市不同的废弃建筑物之中。

而在那一片一片荒草疯长、连绵的废弃住宅区内，又不知曾发生过多少罪恶。

◎ 废弃民宅，多少罪恶发生于此

美国华盛顿州

废墟美国 | Wandering through Abandoned Buildings in North America

“最后一役”
——遍布全美的废弃战机

• “什么声音？”Chris一脸疑惑地看着我。

• 枪声一阵紧一阵松地传到耳边，射击场距离我们不过几百米，Chris问话的时候，我正蹲在一架废弃的美军越战用休伊直升机身后的灌木丛里，恨不能把身体缩成一个球。我抬头看着宛如白痴一样打算走出去寻找声音来源的他，一把揪住了他的裤腿：“Gun shots.”（枪击声）

• 闻言他立刻蹲了下来，我们两个就这样蹲在这个半废弃的美军训练基地后面，一边互打蚊虫，一边沉默地等待美军训练结束，好尽快离开这个是非之地。

1

2019年4月，我和Chris在南下探访一座废弃蜡像博物馆的途中，便遇上了一处小型的废弃军用战机墓地。说是战机墓地，其实也不尽然，毕竟这片空地上停着的除了军用飞机，密林中还藏着三辆坦克。

华盛顿特区向东北方向开出去不到一小时，在一个不起眼的小镇外围，竖立着一片高高矮矮的红色砖瓦房，红砖瓦房往里走不远便有关卡和栅栏围住，远眺栅栏之内可依稀窥见一些玻璃或金属外壳的现代建筑。这片自1941年起被美国空军征用的训练营，在地图上并没有太多的标识。除了中心办公楼明明白白地写着美国空军字样，其余的建筑如图书馆、餐厅、健身房、社区中心和饭店等等均仅以当地小镇的名字命名。

从谷歌卫星地图上看，训练营最中心是一片占地并不大的三角形军用停机坪和围在训练基地之外的组成三角形的跑道。虽然占地不大，但这个训练基地却历史悠久：1939年由于罗斯福政府的空军扩建计划，这里被选中作为众多扩建基地

1 | 2

1 密林中的一架坦克和训练基地几栋废弃的楼
2 落满了针叶的坦克

中的一处，加入了平民保护团的项目。1941年至二战结束，这里常驻士兵约有300多名，沿东岸提供反潜巡逻任务。二战结束之后，这里改成了战后喷气式飞机训练场，以及东岸战略空运分部之一。直到“911”之后，此处被重新指定为远征机动特遣部队之一，担任全球反恐战争爆发而扩大任务，并承担“红球快车”空港任务，为坚持自由而努力。

然而，由于二战之后此处经费及场地的缩减，基地外围有将近三分之二的训练营均被废弃。早期修建的木质训练房和其后增改的红色砖瓦房，均在停用之列。对我来说，拜访此处的目的很简单：探访废弃的美军基地。

因为知道这个基地的一部分仍在使用之中，所以我和同伴选择了一个相对人烟稀少的周日下午，为了进一步减少惹人注目的可能性，我们临时换了一辆当地牌照的车。从高速下来，七拐八拐上了一条没有铺沥青或水泥的土路，过了连绵不断的树林，前面顿时出现了一片非常空阔的林中空地。

“那是什么？” 同伴指着林子中的一块状如岩石的东西，使劲儿拍我。

正在开车的我吓了一跳，差点没把车开进沟里：“嗯，好像是汽车吧，军用吉普？” 我没有头绪地瞎猜。

“什么吉普，那是坦克！” 同伴激动地差点儿没从我手上掐下来一块肉，“快停车，Let’s go！”

绕着附近转了两圈，确定目之所及没有训练也没有穿军装的人，找了一处不高不矮的灌木丛把车藏起来以后，我们迅速跑到刚才的那片林中空地上寻找刚才藏在林子中的坦克。

林中空地背对着几栋一层的红色木质平房，平房前有一道可以一跃而过的路障，后面不大不小的空地上赫然停着一架迷彩涂装的军用直升机——刚才视线障碍我和同伴并未注意到。军用直升机前后左右的林子中有三到四台坦克，稍远还停着一架不可分辨型号的轰炸机。

直升机早已面目全非，玻璃被砸出一个大洞，舱门不知是压根没有还是早已被拆卸下去，内里的座位、电线等等也已经消失，只有机尾上的“UNITED

1 | 2 3
4

1 “战地出租车”休伊直升机（UH-1 Iroquois）

2 仪表盘

3 只剩下电线的手柄和操控区域

4 机身内部特写

STATES ARMY”仍依稀可见。内里一处贴着“Hearing Protection Required（需佩戴听力保护设备）”的贴纸边缘略微翘起，但暂时还算稳固地贴在机舱内部。

这架“越战象征”的休伊（UH-1）直升机，外号“战地出租车”，贯穿了美国全面介入越战到狼狈退出的全过程。当年两山轮战时，越军总政治部几个军人驾驶的就是这个型号。

休伊直升机作为越战中美军不可或缺的力量，主要用在兵力快速投送、空中火力压制、伤员撤运等战术方面的更新。

1960年美国陆军少将汉密尔顿·豪兹提出使用直升机实施兵力投送的战术设想，即地面作战部队的空中机动战术。1963年美国陆军在佐治亚本宁堡基地专门成立了第11陆航师接收休伊直升机来验证这个理论，训练课题包括空中协同指挥、空中火力突击、空中补给、快速兵力投送以及战术侦查等等。1964年，第11师与第82空降师进行了对抗演习，显示了快速反应、长距离兵力投送效率突出、反应灵活的优点，但是也暴露了地面机动与直升机机动无法匹配，面对敌方重装部队火力时乘直升机机动的步兵较脆弱，受天气影响较大等缺陷。1962年

3月美国陆军第57医疗团是首支派往越南执行任务的休伊直升机部队。在越战时期，有2202名休伊飞行员死亡，损失了各种型号的休伊直升机约2500余架。

作为一名非军事迷，我匆匆拍完直升机就开始向密林中的第一架坦克进发。同伴已在这里爬上爬下地拍了半个多小时，看我终于过来，兴奋地说：“这还能钻进去呢，主仓和侧仓都能进去。”

1 | 2

1 M60 Patton 坦克
2 坦克内部

说着我眼见他一个一米九的大汉从一个不比我肩膀宽太多的洞口缩进副仓之中，副仓之中的控制板等都尚未拆除，想必是没有任何需要保密的信息，这架M60 Patton 美军冷战时期的坦克此刻，也不过像一个超大型玩具，我的同伴在里面兴奋地按来按去，和一个得到一架喷水枪的5岁小男孩没有任何区别。

他出来以后我朝里面瞄了一眼，逼仄而狭小，连转身都困难，很难想象当年的坦克兵在其中一坐就是许多个小时。

2

不同于民用飞机，军用飞机每一次的出场都万众瞩目，甚至引起阵阵恐慌以至人人自危。2019年5月10日，印度空军出动两架苏-30MKI战斗机，拦截了从巴基斯坦入境的军用运输机，并对驾驶员和飞机进行了数小时的讯问及检查；2019年2月由于美军一架黑色军用直升机低空绕洛杉矶飞行数小时，而使得洛杉矶居民陷入恐慌，并震惊于这次美国军事活动并未对民众预警；而各国军方一旦投资购买，或者开发研究新型军用飞机，全球各地对此类动向的关注及窥探程度，更是铺天盖地、无孔不入。

各国军备竞赛投入如此之大，运用在这些军事装备上的技术更是全球科技发展的前沿技术，日新月异的科技发展使得军用装备的更新也是一天一个样。然而，这些军用飞机一旦停飞，除了卖给其他国家，剩下的飞机都哪里去了呢？

除了军用飞机，还有很多民用客机由于设计缺陷或其他各种原因停飞。比如前几个月由于几起空难而停飞的波音737 MAX；2013年两架波音787分别在波士顿和日本起火迫降而导致的全日航空下令停飞；1979年泛美航空191号在芝加哥坠毁后，道格拉斯DC-10机队在全球范围内被停飞。

如此庞大的停飞机群，使得各国抛弃成见联合起来在全球各地开辟了几个“飞机坟场”（Boneyard）。从NASA公布的一组照片中可以看到，全球大部分的飞机坟场均位于在美国西部如加利福尼亚州、亚利桑那州和墨西哥州，另外一些则分布于西班牙、泰国曼谷、澳大利亚等地。究其原因，则是由于这些地方干旱少雨，可以延缓位于室外的飞机被雨水腐蚀的时间。另外一个原因则是由于这些地点的地层土质良好，表层土6英寸之下就是类黏土的钙质层，有了这种硬度高的下层土，基地

1 | 2　1 俄亥俄州飞机墓地内一架已看不出型号的战机
2 直升机内部

不需要修建专门的停机坪和跑道，也可以直接将飞机停放在沙漠之中。

正因如此，美国西南部的沙漠才孕育了许多全世界规模最大的“飞机坟场”。其中几个比较著名的“飞机坟场”，如亚利桑那州图森市隶属于戴维斯·蒙森空军基地（Davis-Monthan Air Force Base）。在这里你能见到曾经的空中王者——B-52轰炸机、F-16战隼战斗机。而由于美苏之间《削减战略武器条约》报废的飞机大多也停放于此处，拆除的机翼被放在机身两旁，以方便俄罗斯随时检查。

另一个规模较大的乃是南加州物流机场（Southern California Logistics Airport）。南加州物流机场的前身乃是鼎鼎大名的美国乔治空军基地（George Air Force Base），此处不仅承接了停飞的737 MAX，退役的道格拉斯DC-10、波音747，以及一些退役的空军机型等，也接受航空公司，例如香港国泰航空的退役飞机也选择此处为封存基地。

而全球最大规模的“飞机坟场”则莫过于莫哈维沙漠中的莫哈维航天航空港（Mojave Air and Space Port）。 不同于另外两个飞机坟场，运至这个占地1200多亩的莫哈维飞机坟场中的退役飞机的命运多半是被拆解，继而回收。当然，此处同时也兼有航空竞赛和飞机测试场地之重任，大众所熟知的SpaceX便是从这里成长壮大起来的。

1 | 2

1 德州佬教练机（AT6 Texan）

2 弯刀（F7U-3 ）

3

像这种扔在美军基地空地上的战机实在是少之又少，更为常见的则是来自于各地军事迷的私人收藏。

2017年秋我在俄亥俄州的一次探险中，经由朋友介绍，去拜访了一座堆满二战后军用飞机的战机墓地。这座战机墓地集中堆放着二战前后所用的军用飞机，虽然飞机的现状并不理想，但种类之多，超出大部分其他类似的战机墓地规模，其中比较为大众熟知的如：道格拉斯天袭者（Douglas A-1 Skyraider），T6德州佬式教练机（AT6 Texan），美国海军钱斯沃特F7U—3弯刀舰载战斗机 （Vought F7U Cutlass）等。而这些战机，统统来自当地人沃尔特·索普拉塔的私人收藏。

如果你恰好住在美国，又恰好是个军事迷，那你可能对沃尔特·索普拉塔这

个名字并不陌生。沃尔特出生于俄亥俄州，在童年时期已经深深爱上了飞机和军事，但由于身体条件不理想，二战时期沃尔特并未能如愿以偿地成为一名空军飞行员。然而被取消参军资格并未使沃尔特气馁，他转而投向机械工程类工作，在克利夫兰当地一家工厂回收成千上万的废弃军用飞机引擎。

1947年，距离战争不足两年，沃尔特却觉得他已然看到了这些战机将被人遗忘的未来。于是他在克利夫兰东区购入一块空地，踏上了这个长达60年的战机收集的旅途。他入手的第一架大型飞机是20世纪20年代的美国鹰双翼飞机（American Eagle A-101 biplane），以500美金的价格成交。自此一发不可收拾，在其后的几十年中沃尔特陆陆续续地购入了众多稀有机型，包括Vultee BT015训练机（Vultee BT015 trainer）、B-25轰炸机（B-25 bomber）、Vought / Goodyear FG-1D海盗船（Vought/Goodyear FG-1D Corsair）和F2G海盗船（F2G

1 | 2
| 3

1 Douglas A-1 Skyraider 道格拉斯 A1 天袭者

2 已经被肢解的一架飞机，型号不明

3 用椅子架起来的“围栏”

Corsair）等。这些飞机大部分都是以几百美金的价格成交，之所以价格如此低廉，乃是由于这些飞机在购买之前已经由于各种原因和故障而被停用或废弃。

20世纪60到70年代，沃尔特开始向公众展示自己的藏品，虽然许多人将他的收藏称作战机墓地，他却更愿意将这里称作战机庇护所。而他，也确实如废弃战机的保护神一般，将这些飞机保护了起来，免掉了它们被拆解被变卖废铁的命运。2010年沃尔特去世后，他的子女陆陆续续地将大部分飞机捐赠给当地或其他州的历史博物馆，到2017年秋我抵达此处的时候，只剩下四五架较为完整的飞机趴在草坪上，等待着自己未来的命运。

1 | 3
2 |

1 2 安省某战机墓地停放的
加拿大航空的军用飞机
3 坦克

而同样的战机墓地，加拿大也有不少。多伦多附近的一座战机墓地集中存放着加拿大航空军用飞机，其中包括CF100、F-80佩刀等老式机型。尽管这些私人收藏家非常值得敬佩，但随着每一位收藏者的老去，这些飞机又要面临着究竟何去何从的抉择。

具有历史价值且机况良好的往往会被博物馆一抢而光，而没那么有价值的，却是白送也没有人要，在露天环境里风吹日晒雨淋几年最终还是逃不过被送入废铁回收厂的命运。

4

密集的枪声持续了一个半小时。我和同伴早已在坦克后面等得心急难耐——按照原计划，此时的我们应该已经到了下一个目的地，准备明天一早潜入华盛顿特区一个半废弃的精神病院，而不是蹲在一辆废弃的坦克背后慢慢看太阳西斜。

毕竟，自2015年开始探险到现在，我们两个见过的小型飞机墓地加起来不止十座。这些零散分部在北美各地的飞机，或露天扔在路边，或藏在密林之中，任其腐烂，锈迹逐渐覆盖曾经的各处零件，机身上的涂层早已消失不见。而最令人吃惊的则是，比起民营飞机，这诸多如沙砾一般扔在路边的废弃飞机更多的是军用机型。

这些曾在天空中叱咤一时、令人闻风丧胆的战机们，在最后一役之后，便弃如敝屣，在一个又一个人口不满千人的小镇之外，落寞地过完自己的余生。

尾声，另一段旅程的开端

2017年夏天南下探访一座废弃教堂时，我在教会学校的一间办公室内，看到了一个带着孩子的流浪汉的生活痕迹。当时已然深秋，那个四处漏风的教堂和一些属于3岁幼儿的衣物给我留下了无比深刻的印象。而流浪汉挂在衣架上相对整洁的西裤，让我在其后的两年多无数次重回那个时间点，猜测到底是什么原因使得一个似乎有正经工作的成年男子，带着孩子寄居在一栋并不安全甚至是对健康有害的废弃建筑之中。

2017年发生了很多事。直到2019年，我还活在这些事情的余震之中。

同年另一次南下拜访废弃的罗克兰儿童精神病院，如一记重击，敲碎了这些废弃建筑的砖瓦外墙，露出墙后一个又一个活生生的面孔。在探索这些废弃建筑的时候，我到底是在看历史、看建筑、找刺激？还是在看别的什么？到了2018年初，我才逐渐意识到那两趟南下在我心中种下的这一株小小的改变。生活充满着惯性，

2018年的整年我都延续着此前三年来探索废弃建筑的模式，巨大的惯性花了整整一年半才刹住了车。

本书的大部分内容均写于2019年之前。在成文的过程中，我并没有前人写就可供参考的书籍或文章。国内外关于城市探险的出版物中，摄影集偏多，文字的却偏少；到底要怎么写，从哪个角度入手，读者对哪些事物比较好奇，我自己更关心什么，都只能闭门造车，凭着感觉来。定稿之后回头翻看，有的地方写得浅了，有些地方写得太过猎奇了，但这些心态上的变化，大概和城市探险一样，从开始的刺激感到中间因为好奇而到处找资料，再到现在，都是一个自我不断成长和前进的过程。

2019年是停滞与自我探索的一年。这一年来，我去的地方更多，写得却少。究其原因，无非是产生了一些自己无法解答的困惑：我究竟为什么热爱探索废弃建筑。

在这段尴尬的困惑期中，我去纽约爬了几次摩天大楼的脚手架，无论是上去还是下来，我全程都在发抖，刚站在脚手架上的时候根本不敢往下看，到后面也习惯了；还去了大北方的参加地下乌托邦的聚会，这场每年一度的地下探险者的聚会一般在某个废弃的矿洞或者地铁内举行，持续六到八天，不仅有开幕式和闭幕式，还有西装革履的Brunch（鸡尾酒早午餐）；而在年末的时候，我成功地潜入了苏联军事基地，负重接近20千克，往返徒步80公里，去探访了全球探险者心目中的圣地：废弃的暴风雪序列号航天载人飞船。

坐在暴风雪机库里的时候，我终于承认，仅仅是探索一栋废弃的建筑已经无法满足我了。

2015年当我第一次踏足于废墟的时候，那种与日常生活不一样的反差，以及如影随形的潜在的危险，给我带来了巨大的兴奋感。在其后的将近两年的时间内，大部分的探险都是独行，每攀爬一扇破掉窗户，或者钻入一个掩盖不完全的地洞，我的肾上腺素都在不由自主地大量分泌。而无论我有多么不情愿正视对冒险、心跳加速和肾上腺素的渴求，自始至终都是推动我不断去寻找新故事的动力之一。

而坐在纽约脚手架上俯瞰中央公园的那个夜晚，我看到了不夜的时代广场，看到了纽约上空一刻不停流动着的云气，也看到了周围千万扇被生活点亮的窗口：有的窗口后面是两只绕着主人小腿走来走去的猫，有的窗口后面是个穿着T恤坐在沙发上看电视的中年男子，有的窗口后面是个只穿了内衣的女子，不知是正要出门还是刚从外面回来，正对着镜子打量自己，而她身后，扔着一条滚银边的小黑裙。正如我非常喜爱的一句关于城市探险的句子：“藏在每扇锈迹斑斑的门后的，都是人类过去的故事（Hidden in the darkness, behind every rusty door, are the shadows of our history）。”

对于站在2019年末的我而言，把自己一次又一次推向极限，与读到每一个和废墟依傍为生的人，都同等重要。

这本书写完了，但是我的探险仍在继续进行。正如本书序曲中说的那样，大探险时代并未结束。城市探险正在发生，每一天每一刻都有人发现一个新的“终结点”，潜入到一个新的异托邦。我同他们没有任何不同，都在城市探险这个小众的爱好上画着或深或浅的记号线。如果说我过去几年的经历曾经教会给我任何东西，那就是未来无法预测，或许由于这本书的出版，正向也好反向也罢地推动了城市探险，但那都不是我的本意。

我只想做个忠实的研究员、记录者。

征途永远属于勇者。

2019.12.02